L'EMBUSCADE

DE LA MÊME AUTEURE

Féminine, Fayard, 2016

ÉMILIE GUILLAUMIN

L'EMBUSCADE

ROMAN

Harper Collins
TRAVERSÉE

HARPERCOLLINS FRANCE
83-85, boulevard Vincent-Auriol, 75646 PARIS CEDEX 13
Tél. : 01 42 16 63 63

www.harpercollins.fr

ISBN 979-1-0339-0900-2 — ISSN 2724-9972

À Philippe et Hugo, les deux hommes de ma vie.

29 août, quatre heures du matin,
quelque part dans le nord de la Syrie

Coincé dans son trou, l'adjudant Delmas a tout juste le temps de baisser la tête. La roquette vient de passer près de ses camarades et termine sa course derrière lui en explosant sur un petit monticule. « Je crois qu'on a été repérés », murmure-t-il dans son micro à l'adresse du groupe dissimulé sur la zone. La voix du major Martin lui parvient, sèche et feutrée. Même s'il ne le voit pas, Delmas sait que son chef n'est pas loin. « Faut dégager… » Il n'a pas le temps de finir sa phrase. En provenance des premières maisons du village, les rafales commencent à s'écraser tout autour d'eux dans un vacarme insoutenable. « Contact ! Contact ! » répète une voix qui devrait être celle du major, mais que Delmas ne reconnaît pas. Une deuxième roquette explose juste devant la cavité où le brigadier Thomas Beaumont se terre, son corps se raidit.

Intensificateurs de lumière sur les yeux, le brigadier Alexis Perrier tente de déchiffrer le décor verdâtre qui s'étend face à lui. Des hommes armés sortent des habitations de torchis à trois cents mètres d'eux, ombres fugaces se faufilant dans la nuit. Impossible de les compter. Pour la première fois depuis le début de la mission, quelque chose comme de la panique s'empare de lui.

D'abord courtes, les salves se transforment en un fracas ininterrompu. La nuit est maintenant éclairée d'une multitude de flammes ponctuant chaque détonation. « Merde, ils sont combien ?! » Tout le village a l'air de tirer dans leur direction. Le brigadier Jeff Cagnes rompt le silence radio. Dissimulé dans son cratère, il attend derrière son fusil de précision l'ordre pour répliquer. « Major, on fait quoi ? »

Dans un étranglement, la voix de l'adjudant Bocquet résonne au milieu du vacarme : « Le major est mort, je répète, le major est mort… »

Merde, Thierry, pense l'adjudant Delmas, en appuyant sur les touches de son téléphone satellite. « Pris sous le feu, demandons support aérien immédiat… Je répète… Forces hostiles importantes, support aérien immédiat… Je répète… » Pour toute réponse, un grésillement vide dans l'écouteur.

Le staccato caractéristique d'une 14,5 mm se répercute dans la nuit noire, anéantissant tous les autres sons. Installée sur un 4 × 4, la mitrailleuse antiaérienne creuse leur périmètre. « Jeff, à toi ! » lâche l'adjudant Delmas. Le grondement s'arrête net. Delmas peut voir le tireur de la 14,5 mm basculer en arrière, touché par le tir de son équipier… Delmas serre les dents. Ils viennent d'indiquer leur position à l'ennemi.

La réplique ne tarde pas, accompagnée de *Allah akbar* et de coups de sifflet.

Accroché à son téléphone satellite, l'adjudant Delmas hurle dans le combiné, tentant de surmonter le bruit infernal qui les cerne. Répétant la même phrase en vain. « Support aérien… Support aérien… » Grâce à ses intensificateurs de lumière, il peut voir les djihadistes sautiller d'une maison à l'autre, se positionnant pour mieux tirer. Une silhouette se lève furtivement, juste devant lui. Un long *Allah akbar* retentit, suivi d'une explosion. Le souffle le projette au fond de son trou.

Nuit de canicule. L'air était moite. La chambre sentait le parfum de Cédric, accentué par la tiédeur de l'atmosphère. Les effluves de bois fumé, mélangés à l'odeur de chair entre les draps, flottaient dans la pièce, exacerbant son absence. Succession de réveils trempés, heures inertes. Les bruits du dehors me parvenaient, atténués. Stridulation d'un grillon, lointains klaxons. Plus loin, la pinède sentait l'huile et le camphre.

Fin août, saison brûlante. Cela faisait bientôt deux mois que Cédric était parti. Était-il en Irak ? En Syrie ? Annonçant son départ, il avait évoqué le Levant. Je trouvais la terminologie menaçante, porteuse d'un mystère que j'avais envie de déflorer en même temps que de garder intact, comme si ce terme, merveilleux et suranné, donnait à cette future mission un aspect irréel. C'était pourtant bien concret. Seul sous-officier arabisant de son équipe, sa présence sur ce théâtre d'opérations était indispensable. Le Levant… Je regardais la télévision, je lisais les journaux. Tout m'intéressait, je voulais savoir ce qu'il s'y passait. Un genre de vérité donnant l'illusion de suivre le cours de l'Histoire.

J'ai entendu des pleurs. Comme un miaulement. C'était Arthur. D'ordinaire, il s'endormait rapidement quand Cédric ou moi lui racontions une histoire. Un sommeil aussi brutal que léger : une ou deux heures plus tard, il se réveillait, le cerveau vrillé de cauchemars que sa petite voix chevrotante était incapable d'élucider et qui restaient alors pour nous, parents démunis, très mystérieux. La chambre qu'Arthur partageait avec Lucas, notre deuxième enfant, baignait dans la même torpeur estivale que le rez-de-chaussée. Lucas dormait la bouche ouverte, une main sous la nuque comme s'il lézardait sur la plage, l'autre posée bien à plat sur son petit torse. Napoléon miniature bercé par la nuit. Il demeurait imperturbable, sage comme un bonze, malgré les sanglots de son frère.

Arthur a fini par se rendormir sur le canapé du salon où je l'avais installé. Quelques instants plus tard, j'ai remonté son corps tiède. Chez Lucas, rien n'avait bougé. En face, la porte de la chambre d'Alexandre, ornée d'un poster représentant un Mirage sur le point de décoller d'une piste floue, était toujours fermée. Il était près de minuit. Malgré la fatigue, je pressentais l'insomnie.

Martignas-sur-Jalle était située à quarante-cinq minutes en voiture de Bordeaux. C'était une petite ville tranquille, sans intérêt – plus un bourg de passage qu'une véritable agglomération –, mais que la proximité de la lande sableuse rendait presque aimable. J'avais rapidement déniché un mi-temps à Mérignac en tant que juriste d'un gros groupe d'aéronautique. Malgré nos fréquents déménagements, j'avais toujours réussi à trouver du travail. Cela nécessitait une logistique précise, mais je savais que la réussite de notre couple résidait dans cet équilibre.

Cédric serait de retour parmi nous fin octobre, peut-être la première semaine de novembre. Plus tard, en cas d'imprévu. La prouesse consistait à vivre sans attendre, au diapason de ses trop rares appels Skype que je ne considérais jamais comme acquis. Il m'avait prévenue : « Quand je suis en mission, ne prends aucune habitude avec moi, car le jour où je dérogerai à cette habitude, tu te feras un sang d'encre. »

Tout soldat est familier de ces contretemps. C'était d'autant plus vrai pour les hommes du 13e RDP[1]. Appartenir à un régiment de forces spéciales impliquait des sacrifices. Dans les années quatre-vingt-dix, le Treize s'était illustré dans la traque de criminels de guerre en ex-Yougoslavie. Cédric avait une dizaine d'années. Les romans de guerre et le journal de vingt heures religieusement visionné chaque soir entre ses deux parents assoupis avaient forgé son idéal.

Quand je l'avais rencontré, j'achevais mes études. Lui venait d'effectuer ses premiers sauts à l'ETAP[2]. Il était revenu de Pau avec, dans son sac à dos, outre une demi-douzaine de pantalons de treillis maculés de terre, des kilos d'insolence. Dès le début, j'avais été mise au parfum

1. 13e régiment de dragons parachutistes.

2. École des troupes aéroportées.

de la dialectique propre aux parachutistes de l'armée française. Une phrase en particulier m'avait marquée : « Le parachutiste ne va pas au ciel, il y retourne. » Par la suite, Cédric s'était frotté à l'humilité des équipiers du Treize. Les missions s'étaient succédé, éprouvantes. Au fil des années, j'avais compris que, provocatrice et flamboyante pour la forme, cette rhétorique toute-puissante avait essentiellement pour fonction de souder les hommes et de conjurer le mauvais sort.

Cédric me manquait. Épouser un soldat nécessite une solide préparation, jusque dans les détails les plus prosaïques. Si nous en avions parlé une bonne fois pour toutes au début de notre mariage, nous vérifiions, à chaque départ, que l'assurance-vie et le testament de Cédric étaient à jour. Il me confiait ensuite une enveloppe scellée dans laquelle se trouvait une feuille de papier où tout ce qui avait trait à ce qu'il appelait son « existence virtuelle » était consigné. Mots de passe de boîtes mails, codes d'accès à sa banque en ligne, à son assurance-maladie, à sa mutuelle, à des sites de vente en ligne ou des réseaux sociaux. Tout était répertorié. Je rangeais l'enveloppe dans le tiroir de ma table de chevet en espérant ne jamais avoir à l'ouvrir.

Parler de la mort était une corvée nécessaire. Il ne s'agissait pas seulement de la sienne. Moi aussi, je pouvais disparaître. Pour Lucas, il y avait eu des complications lors de l'accouchement. À la vue du sang qui s'écoulait entre mes cuisses, j'avais perdu connaissance. Après m'avoir tirée d'affaire, l'obstétricien avait confié à mon mari que j'avais échappé au pire. Cédric avait débarqué d'Abidjan le jour même de mon admission à la maternité, et je n'avais même pas eu la force de me réjouir de sa présence fébrile. Les opérations clandestines dont lui et son groupe s'étaient acquittés en Côte d'Ivoire semblaient l'avoir marqué. Je n'en saurais pas davantage. Tout au plus avais-je compris quelques jours plus tard, alors que nous regardions le journal de vingt heures, que, selon la formule consacrée, ils avaient été « dans les parages » au moment des événements ivoiriens.

La mort faisait partie de la vie du soldat et de celle de ses proches. Peut-être était-ce d'ailleurs son éventualité, plus prégnante que dans d'autres métiers, qui avait toujours rendu notre amour si puissant. On n'aime jamais autant la vie que dans la possibilité de la mort. Bien sûr, son spectre ne rôdait pas constamment entre nous. Nous menions une existence presque normale, et si parfois je sentais que nous subsistions sur un fil ténu, notre quotidien, à l'exception des départs de Cédric, était celui d'une famille somme toute banale.

À son contact, j'avais appris à rationaliser mes terreurs. N'y avait-il pas plus de morts chez les chauffeurs de poids lourds que chez les militaires ? Un jour, Cédric m'avait exhibé cet exemple lu dans la presse comme preuve irréfutable. Comme si cela suffisait pour oublier les pays dangereux, raccourcir les semaines de préparation dans des camps de manœuvres toujours situés à l'autre bout de la France, préliminaires de l'absence avant l'absence. Mais quand il taillait à coups de serpe des portraits hauts en couleur des hommes de sa section ou des officiers, appelant les premiers ses « petits poussins » et les seconds ses « tortionnaires de bureau » avec une mine de conspirateur, je l'aimais tout simplement.

Une ombre sur les façades des maisons éclairées par les lampadaires, un frôlement, un bruit de pas, peut-être un chuchotement. Je m'étais assoupie sur le canapé du salon. Il était sept heures du matin, et la pièce baignait dans une semi-obscurité ensoleillée. Mon livre était retourné sur ma poitrine. Je me suis levée pour ouvrir les rideaux. Alors que je glissais ma main dans le tissu, j'ai perçu une présence de l'autre côté du jardin. Une voix grave que l'on cherchait à atténuer. Par la fenêtre, j'ai distingué un képi. Un deuxième lui succédait. La sonnette du portail a retenti, sourde, dans le vestibule. Que se passait-il ? Dans le demi-sommeil dont je venais d'être tirée, j'ai cru voir Cédric. Cela n'avait pas de sens. J'ai frissonné. J'étais glacée. J'ai à nouveau entendu le *ding dong* du portail. Ils allaient réveiller les enfants.

J'ai enfilé une robe de chambre, puis je me suis dirigée vers la porte d'entrée. Que faisaient des militaires dans la rue ? Le quartier était calme. C'est ce que Cédric et moi avions aimé quand nous avions visité la maison. Voisinage tranquille, balcons fleuris, ruelles pavées, odeur de chèvrefeuille. Une émanation de la province plus caricaturale que l'originale. Enfants couchés, jouets rangés, saison de cocagne. Je me suis forcée à sourire derrière la porte. L'étrange idée à laquelle j'ai fini par m'accrocher comme on se saisit d'une bouteille à la mer – soldats du régiment venus me faire une surprise pour prendre le petit déjeuner comme cela était déjà arrivé – a été annihilée dès que j'ai entrouvert la porte. Au fond de moi, je savais. Cédric m'avait déjà expliqué la procédure.

« Si quelque chose m'arrive... », avait-il dit.

Ils étaient cinq. J'ai fermé la porte derrière eux. Je ne voulais pas que nos voix réveillent les enfants. J'agissais comme un automate. Les fenêtres étaient restées ouvertes. Dehors, pas un souffle de vent. J'ai regardé la rue calme, retardant ce que je voulais fuir.

Debout, ils occupaient tout le salon. D'un geste à la fois tendre et ferme, l'un d'entre eux m'a demandé de m'asseoir. Il s'agissait d'un camarade de Cédric. Il portait la tenue vert-de-gris et mal taillée de l'uniforme d'apparat des soldats de l'armée française. Je ne me souvenais plus de son nom. Peut-être ne l'avais-je jamais su. Au Treize, tous avaient des surnoms pour protéger leur identité sur le terrain. Le colonel Loïc Biaggi, le chef de corps du régiment, l'écrasait de toute sa stature. Il était reconnaissable à son faciès rond, ses traits forts, son crâne luisant rasé à blanc et ses lèvres fines comme une balafre. Il ne devait pas mesurer plus d'un mètre soixante-quinze, pourtant sa personne dégageait une impression de hauteur. La première fois que je l'avais vu, j'avais pensé à un mafieux corse. Sans doute parce que Cédric m'avait dit qu'il était originaire d'un petit village sur les hauteurs de Bastia. Derrière lui se tenait sa femme Christelle, souris grise au visage chiffonné. Le commandant en second, le lieutenant-colonel Prazic, demeurait en retrait, dépassant d'une bonne tête son supérieur. Son visage maigre était aussi terne que celui du colonel Biaggi était vif. Il possédait une vague ascendance polonaise que seuls son patronyme et une curieuse coupe de cheveux qui évoquait la crinière des chevaux de Przewalski, épaisse et drue comme une brosse, trahissaient. Lui aussi était engoncé dans sa tenue d'apparat. Képi à la main, yeux injectés de sang, il se balançait d'un pied sur l'autre dans ses chaussures vernies tout comme le président des sous-officiers, un adjudant-chef trapu comme un gourdin. J'ai aperçu Séverine, l'assistante sociale du régiment, que j'avais déjà croisée lors de la dernière réunion d'information aux familles qui avait lieu avant chaque départ en Opex[1].

Le colonel Biaggi a pris la parole :

— L'adjudant Cédric Delmas a perdu la vie lors d'une embuscade dans le cadre de sa mission au Levant. C'est arrivé hier aux alentours de quatre heures du matin mais nous n'avons eu la confirmation des faits par le COS[2] qu'en début de soirée. Nous avons fait au plus vite.

1. Opération extérieure.

2. Commandement des opérations spéciales.

Mon corps a chancelé dans le miroir accroché entre les deux fenêtres du salon. Instinctivement, je me suis touché le ventre. J'étais enceinte depuis trois mois.

Faire au plus vite. J'ai éprouvé un vertige. Quelqu'un appuyait une lourde masse sur ma nuque. Le salon tournoyait. Canapé recouvert de velours rouge, photos sur les murs, tapis que les chaussures à bout carré des hommes foulaient devant moi, bafouant Cédric, piétinant notre famille. Écrasant notre bonheur. Tout à coup, la présence de ces pieds vulgaires, mal chaussés, gênés de se trouver là, est devenue insupportable. La vision de ces semelles épaisses, usées de manière irrégulière, des lacets racornis, du cuir étincelant de cirage, crânement brillant sur notre tapis usé jusqu'à la trame par nos milliers de pas, me donnait envie de hurler. Leur dire de dégager. Oublier la forme, le protocole, les uniformes et la pompe solennelle de la mort. J'ai levé la tête du fauteuil où l'on m'avait assise de force pour ne pas que je m'effondre. Les visages pâles, les joues bien rasées étaient toujours là.

Le colonel égrenait les faits. Parfois un reste d'accent corse, à peine perceptible, s'engouffrait comme un coup de vent furtif dans des syllabes choisies au hasard. J'ai essayé de me lever. Au ras du sol, cernée de mines sombres, j'étouffais. Le groupe de Cédric était tombé dans une embuscade tendue par des djihadistes, lors d'une mission de renseignement commanditée par le Commandement des opérations spéciales. Cinq autres soldats du régiment avaient trouvé la mort, deux autres avaient été blessés. Ces derniers allaient être rapatriés en France dans les jours à venir.

Mon corps, que j'avais redressé, restait debout comme par erreur. Chaque muscle, chaque ligament, chaque lambeau de chair, chaque os luttait pour rester en place, uni et solidaire pour que je ne m'écroule pas. Je refusais de me rasseoir. La femme du colonel a pris le relais :

— Clémence, a-t-elle prononcé d'une voix caressante comme si entendre mon nom allait me calmer ou annuler les faits, nous sommes avec toi.

J'ai chancelé des bras du colonel Biaggi aux siens. J'étais une épave. Biaggi a continué à parler. De plus en plus bas, de plus en plus feutré. Voix paradoxalement douce par rapport à sa carrure, comme s'il ne savait faire que chuchoter ou qu'il avait totalement absorbé la règle absolue de discrétion du régiment qu'il commandait. Je percevais son inflexion grave, atténué par un gémissement continu, comme un glapissement de bête qui vibrait dans ma tête et descendait jusque dans mes poumons.

— Tous les corps n'ont pas été récupérés. Une offensive aérienne sur la zone est en cours.

Un silence, puis :

— La presse n'est pas encore au courant.

Le salon baignait dans la lumière du jour. Tout était jaune pâle, une luminosité sourde, presque paranormale, renforcée par le coloris flou des uniformes. J'aurais voulu me noyer dans la torpeur huileuse de mes larmes, emporter avec moi le corps chaud de Christelle. Fuir loin de la rigidité cadavérique de ces oiseaux de malheur. Rejoindre Cédric, où qu'il soit.

Je bénissais le réflexe que j'avais eu de fermer la porte du salon. Pour quelques heures encore, les enfants avaient toujours un papa à qui envoyer leurs dessins.

La délégation a quitté le salon sans prononcer un mot. Ils m'appelleraient dès qu'ils en sauraient plus. Dehors, à part les oiseaux invisibles qui gazouillaient dans les arbres, aucun son. Les minutes se sont égrenées ; le silence n'était déjà plus le même. Les pépiements ont redoublé de violence. Les moineaux piaillaient, s'égosillaient, je n'entendais plus qu'eux. Ils me vrillaient le cerveau. En fond, un bruit de moteur.

Avec Cédric, nous nous étions parlé sur Skype huit jours auparavant. J'enviais les épouses des collègues des forces armées conventionnelles qui avaient la chance de communiquer avec leurs maris et compagnons presque un jour sur deux. Parfois, je me disais aussi que ce n'était pas plus mal : je n'avais pas d'autre choix que d'être forte quand deux semaines pouvaient s'écouler sans que j'entende sa voix. Derrière lui, sur l'image trouble que diffusait le petit écran de mon ordinateur portable, un homme aux traits flous nettoyait son arme, assis sur un lit de camp.

Tout autour, des soldats en civil s'activaient. L'atmosphère m'avait semblé tendue comme avant un départ sur le terrain. Cédric n'avait eu que quelques minutes à me consacrer : « Bonsoir, ma chérie – sa voix avait résonné dans le salon, curieusement métallique –, j'espère que tout va bien en France. Ici, c'est comme d'habitude. »

Comme d'habitude. C'était l'ultra-vigilance, la pression et l'adrénaline mélangée à la fièvre de l'épuisement. C'était sa routine, un quotidien extrême dont il me taisait tout et qu'il résumait chaque fois en quelques réponses lapidaires. « Tout va bien », « Je suis un peu fatigué », « On ne dort pas beaucoup », « Opération très intéressante ». Des formules toutes faites. Je devais lire entre les lignes. La seule alternative aurait été de nous taire. Je soupçonnais aussi Cédric de me cacher la joie intense qu'il éprouvait à se trouver aux confins du monde pendant que nous menions des existences ordinaires. Il me l'avait avoué : « Si être soldat rend un peu snob, devenir force spéciale, c'est carrément se prendre pour Dieu. » Je l'aimais aussi pour son orgueil.

« C'est pire que l'Afgha, ici », avait-il ajouté. Et malgré la distance, malgré l'image hachée de mon écran d'ordinateur, j'avais remarqué les stigmates d'un stress inhabituel sur son visage. J'avais soulevé mon débardeur pour qu'il embrasse mon ventre qui s'arrondissait. « Tu manques aux enfants, tu me manques. » J'avais prononcé les phrases éternelles, banales et vraies, elles aussi sans richesse, dépourvues de couleurs. Nous avions l'habitude. Cédric mentait par défaut, j'occultais mes difficultés. La diffraction entre nos vécus était telle que tout dialogue paraissait impossible. Restait l'essentiel que nous tentions d'insuffler dans la tonalité de nos voix, la profondeur de nos sourires.

Je me suis effondrée sur le canapé. Cédric en train de remettre un livre dans la bibliothèque. Cédric allongé sur le tapis devant la télévision avec les enfants. *La Belle et le Clochard*, *Aladdin*, *Peter Pan*. Sa voix de dessin animé qui faisait hurler de rire les garçons. Cédric debout, dans l'embrasure de la porte, une bière à la main. Ce n'était pas possible. Des éclairs cisaillaient mon crâne comme des coups de ciseau dans de la soie.

Soudain, la sonnette de la porte d'entrée a retenti. Pendant quelques secondes, j'ai espéré. Un espoir fou venu du fond de mes entrailles, brisé d'un éclat sec quand mon cerveau s'est remis à fonctionner. Une délégation mortuaire avait frappé à ma porte ce matin à sept heures, Cédric ne reviendrait pas autrement qu'allongé dans un cercueil. Quelqu'un frappait maintenant.

— Madame Delmas, madame Delmas, répétaient des voix masculines.

Je me suis levée du canapé où je m'étais avachie depuis la nouvelle. J'ai regardé mon téléphone. Huit heures trente. J'avais la tête prise dans un étau.

— Madame Delmas, madame Delmas, reprenaient les hommes.

À l'étage, les enfants dormaient encore. Personne ne s'était réveillé. Tout était donc peut-être encore faux. J'entendais des voix, je dormais mal ces derniers temps. Personne n'était venu. C'était encore possible. Un animal au hurlement strident crissait dans mon cerveau. Nous étions dimanche. Dans une heure, Alexandre s'étirerait puis extirperait une bande dessinée du fatras de livres et de sacs remplis d'affaires de camping fourrés sous le sommier. Il en tournerait avidement les pages jusqu'à ce que je l'appelle pour le petit déjeuner ou jusqu'à ce que les cris de ses deux petits frères le fassent glisser hors du lit. Comme d'habitude.

J'ai entrouvert la porte du vestibule. De nouveau, tout s'est brouillé. Du verre pilé dans ma tête. Ils étaient deux soldats, képis vissés sur le crâne, engourdis dans l'inconfort de devoir sonner de bon matin à la porte de la femme d'un de leurs camarades. Le premier a commencé à parler :

— Nous sommes désolés de venir vous déranger si tôt, madame.

Je n'ai rien dit. Je ne les avais jamais vus. Le second a enchaîné :

— Toutes nos condoléances, nous avons appris pour l'adjudant Delmas. Toutes nos pensées, ainsi que celles des gars du régiment, en particulier ceux de l'escadron de votre mari, vous accompagnent.

La phrase, à la fois ampoulée et sincère, brutalisée par la langue de ce militaire qui avait plus l'habitude de beugler des ordres que de susurrer des politesses, m'a fait monter les larmes aux yeux. Je les ai refrénées. Encore une fois, j'accrochais sur les mots. J'aurais voulu m'écrouler. L'hystérie plutôt que cette étrange froideur. Qui était cet adjudant Delmas dont on prononçait le nom devant moi depuis ce matin ? Je ne connaissais que Cédric, Cédric Delmas. J'avais l'impression qu'on me parlait d'un inconnu.

Le plus petit a repris :

— Madame, nous sommes désolés de ce qui est arrivé à l'adjudant Delmas, si vous avez besoin de quoi que ce soit, n'hésitez pas.

Je ne disais toujours rien, je n'arrivais pas à parler. L'autre soldat, grand comme une aiguille, une curieuse paire d'yeux bleus perçants dans les orbites, a ajouté :

— Nous sommes là sur les ordres du chef de corps, c'est la procédure habituelle, nous devons nous assurer que votre mari ne conservait pas chez lui des données confidentielles.

Cédric m'avait déjà prévenue qu'en cas de problème – jamais il n'avait employé le terme de *mort* –, on viendrait à la maison fouiller ses affaires. Je les ai fait entrer et leur ai indiqué l'escalier.

— C'est là-haut, la première porte à gauche sur le palier. Je vais vous montrer.

Je les ai précédés en les priant d'être discrets car les enfants dormaient encore. La précision, leur rappelant que Cédric était aussi père de famille, a eu l'air de les accabler.

La dernière fois que j'étais entrée dans son bureau, c'était juste après son départ. Je n'y étais pas revenue depuis. Les garçons savaient que c'était le territoire de leur père. Un jour viendrait où il leur raconterait ses classes, les théâtres d'opérations, la vie de soldat. Il m'arrivait de pénétrer dans son antre où était entreposé non seulement du matériel militaire – malles, uniformes, dossiers, sacs à dos camouflage –, mais aussi tout un tas de vieilles affaires ayant appartenu aux enfants. Je venais parfois m'y imprégner de son parfum, espérant sans y croire qu'autour de moi les objets dévoilent un peu de son énigme.

Les deux soldats m'ont suivie dans la pièce. Une paire de rangers boueuses attendait sous le bureau, cuir racorni, lacets raidis par la crasse. L'odeur et la chaleur m'ont prise à la gorge. Du pur extrait de Cédric mélangé à des relents de terre. Il fallait que j'emprisonne cette odeur. Vite, avant qu'ils ne la contaminent. C'était lui, vivant. Il était là, dans cette pièce. J'ai bafouillé : « Allez-vous-en ! » J'ai levé la tête. Ils étaient toujours là. Comme s'ils étaient sourds ou que j'étais devenue folle. Quelques secondes ont passé, lourdes. Il me fallait un Doliprane. Avant de vider les lieux, j'ai ouvert la fenêtre. À peine avais-je fermé la porte que je me suis souvenue de l'enveloppe que Cédric m'avait donnée la veille de son départ. Pour une raison imprécise, j'étais soulagée que celle-ci se trouve dans notre chambre.

Huit heures quarante du matin, heure creuse. Pour le moment, à part l'armée et moi-même, personne ne savait. Dans le miroir ovale, j'avais le même visage. Celui d'une femme de trente ans, au corps délié et aux traits affirmés. Quand il m'avait vue pour la première fois, Cédric m'avait trouvé un air étranger. Une pointe d'exotisme aux racines indécelables, qui puisait son origine dans ma chevelure noire, ma peau mate et l'arête de mon nez, tranchante par rapport à la mélancolie de mon regard et la douceur du dessin de mes lèvres un peu fortes. J'ai scruté ce visage familier. N'y aurait-il pas dû s'y trouver une nécessaire altération ? Changements infimes, indices prouvant le désastre ? Au lieu de cela, le même visage bronzé qu'à l'ordinaire me faisait face. Sans rides, sans cernes, sans malheur. Veuve ? Ce n'était pas possible.

Le jet de vomi a atterri de manière grotesque sur la glace. J'ai hoqueté, craché sur le sol. Mon premier amour était mon premier mort. Il fallait que je nettoie avant que les soldats aient fini. Avant que les enfants ne se réveillent. Puanteur de charogne. Je suis allée dans les W.-C. pour prendre du papier-toilette. La vision de la mort m'avait été épargnée jusqu'à maintenant. Et voilà qu'elle allait s'incruster pour toujours dans ma mémoire. « Si tu meurs, je te tue », disais-je parfois à Cédric, fière malgré moi de l'irrévérence naïve d'une telle consigne. Un ordre inapplicable, absurde et loufoque en même temps que prononcé avec toute la hargne dont j'étais capable. Cédric savait entendre ce que je ne disais pas.

Me brosser les dents, me passer de l'eau sur le visage. Entrebâiller la fenêtre de la salle de bains. J'ai toqué à la porte du bureau. Dans la pièce, les deux soldats étaient en sueur. Ils avaient posé leur képi sur le bureau de Cédric et remettaient en place ses dossiers.

— Nous avions justement fini, a déclaré le brigadier à tête d'épingle et au regard d'aigle.

Ils n'avaient rien trouvé. Rien à signaler.

La mort n'avait pas le droit de s'immiscer dans ma famille. J'ai regardé le véhicule s'éloigner. Il n'y avait plus rien à voir mais je suis restée là, à humer l'air de cette matinée de fin d'été. Comme si je songeais au programme de la journée, que je me réjouissais du ciel sans nuages et m'apprêtais à sourire à la voisine dont le visage venait d'apparaître à la fenêtre de sa cuisine. Figer cette carte postale de bonheur facile que seul Cédric rendait complète.

— Comment allez-vous, madame Delmas ? a-t-elle crié.

Sa voix m'a ramenée à la réalité.

— Tout va bien.

Premier mensonge de cette journée. Elle a dardé un œil inquiet sur moi mais a dû se satisfaire de ma réponse laconique puisqu'elle a disparu comme elle était apparue, me laissant plus seule que jamais.

À peine à l'intérieur, j'ai glissé par terre. Corps saccagé que la mort empêchait de rester debout. J'ai attrapé les vêtements suspendus au portemanteau. Les affaires des enfants et les miennes. Une veste de Cédric. J'ai enfoui mon visage dans le tissu rugueux. La laine sèche sentait le feu de bois. L'haleine de la campagne. Quelque chose d'organique et de familier qui allait me broyer. Dans les poches, un ticket de carte bleue, du sable. Un kleenex rempli de morve sèche que j'ai respiré jusqu'à l'asphyxie avant de le rouler en boule dans ma poche. J'ai pensé aux enfants. La vie poussait les morts. Je le savais. C'était désormais descendu jusqu'au cœur, cela se développait comme un cancer jusqu'aux poumons, des métastases jusqu'aux jambes. « La douleur de perdre un être cher », cette phrase écrite en énorme sur la vitrine de la boutique de pompes funèbres située à l'entrée de la ville m'étreignait comme une maladie.

J'ai entendu des murmures à l'étage. Des chuchotements hurlés, parfaitement intelligibles, qui d'ordinaire m'amusaient. Chez Alexandre, aucun mouvement. J'ai posé la main sur la carlingue de papier du Mirage étincelant. Alexandre avait récupéré le poster dans un magazine militaire que Cédric avait rapporté. Il y a quelques années, le Treize avait fait l'objet d'une enquête exclusive. Cédric, assis à son bureau du régiment, visage flouté, détaillait son parcours que la journaliste avait dû trouver exemplaire : il avait été le seul à être interviewé. Alexandre avait été très fier. Il avait longtemps gardé le magazine dans sa chambre, expliquant à ses deux petits frères que leur père était un héros. Arthur n'avait pas compris grand-chose mais la matière brillante du journal lui avait plu puisque, sous les yeux horrifiés d'Alexandre, il avait soigneusement démembré la revue avant d'en engouffrer les bonnes pages. Alexandre avait fondu en larmes. Seul rescapé de ce curieux festin, ce poster d'avion de chasse qui n'avait dû son salut qu'à son pliage en quatre à la fin du périodique. Alexandre était dans son lit, le torse surélevé par deux oreillers, genoux pliés sur la couette. Il lisait une bande dessinée. Il ne m'avait pas entendue entrouvrir la porte.

Je suis revenue dans la chambre de Lucas et d'Arthur. Les deux garçons étaient au milieu de la pièce et tiraient avec les pistolets en plastique gagnés à la fête foraine de Martignas. Les petites billes blanches fusaient. Comme je leur avais dit de ne pas viser les yeux, ils avaient enfilé leurs lunettes de piscine. La scène était surréaliste. La chambre sentait la nuit, la sueur. Une petite bille blanche a atterri sur mon épaule. J'ai sursauté. Arthur a éclaté d'un rire tonitruant et s'est jeté dans mes bras tandis que Lucas, hilare, continuait à nous tirer dessus en simulant des coups de feu avec sa bouche. Une minute, j'ai tout oublié. Ils étaient là. Bien vivants.

— Maman, maman, on fait quoi aujourd'hui ? a demandé Arthur.

— Je ne sais pas, mon chéri, me suis-je entendue répondre.

— Maman, maman, maman ! chantonnait Lucas comme une invocation footballistique.

Avait-il senti ma peine ?

— Venez, on va voir votre grand frère !

Une photo de Cédric était accrochée au-dessus de son lit. Son visage était masqué par une paire de lunettes de soleil, il tenait son fusil d'assaut sur la poitrine et appuyait un pied conquérant sur une cantine. Derrière lui des blindés, des 4×4, des tentes beiges, plus loin le désert. La photo avait été prise à Djibouti. Le soldat y apparaissait dans toute sa splendeur. Caricatural et flamboyant. Sourire vainqueur du combattant qui de la mort ne connaît que les images et la littérature. Sourire de l'éternel qui ne saurait s'éteindre. Je me suis forcée à retenir mes larmes. Arthur a suivi mon regard sur la photographie, ses yeux étaient grands ouverts. Les gestes de Lucas, occupé à remettre à l'endroit son haut de pyjama en réprimant un fou rire, se sont faits plus lents. Alexandre scrutait ma pâleur. Mon petit poète, qui avait toujours rêvé aux exploits de son père. Il a posé sa main sur mon ventre. Cela ne faisait que quelques jours que je leur avais dit. La nouvelle de cette quatrième grossesse, pas vraiment prévue, les avait excités comme si je leur avais annoncé que cette année, le Père Noël passait deux fois.

Je voulais m'échapper. Sauter par la fenêtre, m'écrouler dans le jardin, creuser ma tombe au milieu des ballons des garçons, m'ensevelir de terre et encore creuser, jusqu'au sang. Au lieu de cela, il fallait afficher la figure rassurante et immuable de la mère, gardienne du temple de l'insouciance.

— On va appeler papa ?

J'avais la langue pâteuse. Il fallait que je parle. Mais pour dire quoi ? Qu'il était monté au ciel ? Il y a longtemps, on m'avait raconté qu'une petite fille, à qui les parents avaient dit que sa grand-mère était devenue un ange, avait passé l'année suivant les funérailles à surveiller les nuages. Je ne voulais pas de ça. Noyer le poisson avec une pudeur mensongère. « *Votre papa est mort au champ d'honneur.* » Mais c'était quoi, le champ d'honneur ? Une vaste plaine d'herbe grasse où poussaient les médailles ? Je n'avais pas prémédité de mentir.

— Pas encore, mon amour, il est encore tôt !

À ces mots, prononcés avec une tranquillité dont je ne me croyais pas capable, j'ai vu des couleurs revenir sur son visage. Lucas et Arthur, qui avaient cessé de s'agiter, se sont remis à jouer. C'était simple.

Je me suis redressée. Droite et forte comme une mère intacte. Sous ma peau, niché entre mes viscères, mes muscles, mes organes et mes os, le malheur rampait. Pour eux, le combat avait commencé. Je n'avais pas le droit de le perdre. Nous sommes descendus tous les quatre à la cuisine. Les enfants fredonnaient. Ma voix s'est mêlée à la leur, plus grave que d'habitude.

C'était l'heure du petit déjeuner. J'ai préparé les bols des enfants, fait chauffer de l'eau. Près de l'évier, la tasse de Cédric était toujours là. Je l'ai saisie, j'ai caressé la porcelaine ébréchée. C'était, juste avant de m'embrasser le matin de son départ, la dernière chose qu'il avait touchée. J'ai porté le rebord brillant à mes lèvres. Le dos tourné aux enfants, j'ai sucé, j'ai mordu la porcelaine sans emporter rien d'autre dans ma bouche que la saveur froide de ma propre haleine. Je me suis accrochée au plan de travail. Mes dents se sont enfoncées dans mes gencives, le sang les a voilées d'un rideau fuligineux au goût de viande. J'ai reposé la tasse. Partout où mon regard s'arrêtait, les souvenirs éclataient, bulles de peine insupportables. Cette bouilloire achetée en même temps que le grille-pain, un samedi de corvée que nous avions tous les deux expédié en plaisantant sur le danger de la vie domestique pour la passion amoureuse. Il y avait aussi les bols dépareillés, récupérés de déménagement en déménagement, la carafe d'eau avec son liseré rouge que Lucas avait cassée et que Cédric avait recollée avec de la glu.

— Pourquoi tu ranges la carafe dans le placard, maman ?

C'était Alexandre. J'ai suspendu mon geste. Je voulais tout cacher. Tout conserver. Dresser un autel à ces reliques domestiques, attitude incompréhensible pour eux puisque Cédric était vivant.

— Tu as raison, mon chéri, on risque d'en avoir besoin pour le déjeuner.

Je me serais frappée. Je ne parvenais pas à cesser l'énumération morbide. Cerveau en roue libre, toute volonté annihilée. Les serviettes de table que ma mère nous avait offertes pour notre mariage, le sel et le poivre enlacés dans deux petits containers en bois tropical que Cédric avait rapportés d'Afrique. La lampe en plastique qui pendait dangereusement au plafond et que Cédric avait failli arracher un matin dans un accès de rage.

J'ai frotté mes joues que je devinais pâles. Les garçons gardaient le silence. Se doutaient-ils de quelque chose ? J'étais perdue dans mes pensées quand Lucas s'est approché de l'évier. J'ai suivi des yeux sa silhouette gracile, l'ai vu se saisir de la tasse de Cédric, ouvrir le robinet. Je n'ai pas réagi instantanément. Maladroites petites mains pressées. La tasse a heurté le rebord de l'évier. J'ai entendu le choc dans ma tête. La douleur que j'ai ressentie était si intense et si brutale que j'ai eu l'impression que c'était moi que mon fils frappait. Je me suis levée d'un bond pour lui arracher la tasse des mains. Ma voix a retenti dans la cuisine, percuté le sol carrelé et rayé l'espace comme si quelqu'un faisait crisser ses ongles sur un tableau noir. Le silence qui a suivi était total. Il y avait de la peur dans les yeux de Lucas. Alexandre et Arthur me regardaient sans parler. De nouveau, la fenêtre grande ouverte sur le jardin au gazon brûlé m'a appelée. Me faufiler, m'enfuir, comme un fantôme. J'ai fermé les yeux jusqu'à en avoir mal à la rétine.

Ouvrir le placard, sortir le café soluble, en verser deux cuillères dans un bol. Lucas a éclaté en sanglots. Je l'ai pris dans mes bras.

— Je suis désolée, mon chéri, tout va bien, j'ai juste eu peur que tu casses la tasse de papa !

Il a hoché la tête puis a essuyé ses larmes tandis qu'Alexandre m'a à nouveau demandé :

— On pourra lui téléphoner ce soir, maman ?

Mon cœur n'était plus un simple organe. Il était animé d'une vie propre et m'échappait, brisait ma cage thoracique, fluidifiait l'horreur afin qu'elle me contamine tout entière.

— On va voir, mon chéri, si on arrive à le joindre… Tu sais, il est sans doute en mission en ce moment.

Mon regard était happé par le jardin. Je voyais Cédric tondre la pelouse, torse nu. C'était fin juin. Les enfants jouaient dehors. Il fallait que je reprenne le dessus. L'eau brûlante de la bouilloire coulait sur ma main. Alexandre a crié :

— Attention, maman !

J'ai retiré ma main en simulant un gémissement de douleur.

Après le petit déjeuner, j'ai envoyé les enfants à la douche. Je me suis enfermée dans ma chambre. Assise sur le lit, je les entendais rigoler et s'asperger d'eau à l'étage. Des images de bonheur défilaient, fulgurances virtuelles faites de sonorités, de phrases, de lieux et d'odeurs. Et puis il y avait les photos que nous avions accrochées au-dessus de la cheminée. Éclats de rire, paysages de vacances, pique-niques sur la plage, soirées déguisées. Ces années de bonheur semblaient désormais appartenir à un passé ridiculement bref. La mort avait changé la cadence du temps.

J'ai allumé mon ordinateur portable. Sur le bureau, un dossier nommé « Delmas Family ». Je me suis levée pour vérifier que les enfants étaient toujours dans la salle de bains. Les cris des garçons me parvenaient atténués. C'étaient des rires francs, des joies faciles. Là-haut, la vie était encore simple. J'ai cliqué au hasard sur le premier fichier. Il s'agissait d'une vidéo que nous avions faite sur le bassin d'Arcachon au début de l'été. Nous avions déjeuné dans les dunes puis étendu nos serviettes sur la plage. Le corps de Cédric occupait tout l'écran. Large, terrien, bronzé.

Sa voix a résonné dans la chambre, péremptoire, grave. Il savait que nous vivions les derniers moments de douceur avant son départ. J'ai refermé mon ordinateur. Je n'avais rien mangé au petit déjeuner. Pourtant, il me fallait donner le change si je voulais conserver cette bulle protectrice autour des enfants. Bulle. C'était bien le mot, fragile et éphémère. Ravaler les larmes, inventer des sourires, garder le cap, se lever le matin, accompagner les garçons à l'école. Cette bulle, c'était aussi le nom de code que Cédric et moi avions mis au point avant chaque mission. En cas de décès sur un théâtre d'opérations, l'armée avait prévu un protocole nommé « bulle de silence ». Cédric m'avait expliqué que quand le drame survenait, c'était une course contre la montre afin que les familles des morts n'apprennent pas la nouvelle autrement que par la voie officielle. Rien ne devait fuiter ni par les médias, ni par les réseaux sociaux, encore moins par un échange malheureux de SMS. La bulle de silence, c'était Internet coupé sur tous les ordinateurs des équipiers, brouillage de toutes les ondes dans le camp, communications rendues opaques pour quelques heures. Le risque, c'était que les familles s'affolent de ne pas pouvoir joindre leur mari ou leur fils. Cédric avait donc imaginé sa propre procédure : il m'envoyait aussitôt un message, une rapide *bulle de silence* qui s'affichait sur mon téléphone portable. Je savais alors qu'il y aurait des larmes, mais pas les miennes… pour cette fois.

Le lendemain du 14 juillet, nous avions pris la route pour aller chez Carine, au bord de la mer. J'étais enfin en vacances.

Carine aussi était femme de militaire. Son mari Geoffroy, que tout le monde appelait Jeff, était parti en même temps que Cédric. Cela me rassurait de les savoir ensemble. Comme s'ils veillaient l'un sur l'autre. Le couple était originaire de l'est de la France. « La région des champs de betteraves et de patates, celle des corbeaux qui volent sur le dos pour ne pas voir la misère », plaisantait souvent Carine. C'était une jolie fille de trente-trois ans, une fausse blonde avec des rondeurs et un visage de poupée. Cédric m'avait vanté les grandes capacités de Jeff, et c'est tout ce que j'avais retenu. Selon lui, il faisait partie des meilleurs tireurs longue distance. Je préférais savoir mon mari en compagnie d'un tel soldat qu'avec d'autres dont il me racontait parfois les équipées. Je savais qu'une partie de lui admirait aussi ces hommes qui buvaient, draguaient comme ils respiraient, cherchaient à prouver leur existence en une ordalie permanente. Leurs zones d'ombre possédaient la séduction de ceux qui vivent sur le fil. Cédric, lui, se nourrissait d'adrénaline.

Après leur bain, les garçons sont redescendus à la cuisine.

— On fait quoi, maman, aujourd'hui ? a demandé Alexandre, répétant la question que son petit frère m'avait déjà posée avant le petit déjeuner.

Ils ignoraient quelle importance revêtait cette question. Le programme du jour, oui, je pouvais gérer. Mais ensuite ? Demain ? Le mois prochain ? Et le reste de notre vie ? Nous étions dimanche. Exceptionnellement, les grandes surfaces étaient ouvertes toute la journée pour la rentrée des classes. Avant *l'annonce*, j'avais pensé faire des courses de fournitures scolaires puis aller nous baigner sur les bords de la Garonne. Perspective dérisoire maintenant. Je me sentais lourde, désormais incapable de cette agilité de corps et d'esprit dont j'avais toujours fait preuve avec eux.

— Nous allons passer l'après-midi à Bordeaux. Enfilez vos chaussures, nous partons dans cinq minutes !

À ces mots, les enfants ont crié de joie puis m'ont entraînée dans le vestibule. Le contraste entre leurs sourires réjouis, leur empressement à finir de s'habiller et le poids qui m'écrasait m'a saisie avec une violence inouïe. Mes jambes se sont dérobées. J'ai serré mes mains l'une contre l'autre, enfoncé mes ongles dans mes paumes moites. Je ne sentais plus rien, je flottais. Mon regard s'est posé une seconde fois sur le miroir ovale. Je me suis forcée à étirer la commissure de mes lèvres en un sourire artificiel dans lequel j'ai injecté toute la conviction dont j'étais capable.

— Allez, les enfants, on y va, je me suis entendue répéter.

Ma voix sans écho a été aussitôt absorbée par les murs. À mes pieds, Arthur nouait ses lacets comme son papa le lui avait appris. Je le soupçonnais parfois de les défaire exprès, juste pour le plaisir de reproduire les gestes paternels qu'il effectuerait un jour machinalement mais qui avaient pour le moment l'aspect d'une intronisation dans le monde complexe des adultes. Quand il a relevé la tête pour m'indiquer qu'il était prêt, j'ai surpris dans son regard cette lueur d'ironie, la même que Cédric. Il était le seul de nos trois fils à avoir hérité de cette caractéristique qui surprenait dans un visage d'enfant. C'était un mélange de flegme et de malice qui me donnait parfois l'impression qu'il considérait la vie comme une plaisanterie. De nouveau, les ciseaux m'ont déchiqueté l'intérieur du crâne. Pendant un temps très court, j'ai cru que Cédric était dans la pièce. Je haletais. Arthur m'a regardée d'un air étrange. Avec une brutalité qui lui a arraché un cri étouffé, je l'ai pris dans mes bras.

— En route, mauvaise troupe ! a clamé Alexandre du jardin où il se trouvait déjà.

Cette phrase, c'était encore Cédric.

Nous sommes arrivés à Bordeaux en fin de matinée. J'ai dépassé la zone commerciale sans m'arrêter. Je me suis garée dans la vieille ville. La voix de Lucas m'a surprise alors que je trébuchais sur les pavés :

— Pourquoi tu pleures, maman ?

J'ai passé les doigts rapidement sur mon visage.

— Ne t'inquiète pas, tout va bien, c'est juste que votre papa me manque, j'ai hâte qu'il soit avec nous !

Lucas m'a pris la main.

— Ne t'inquiète pas, maman, plus que deux mois !

Je lui ai serré la sienne tandis qu'Alexandre me prenait le bras.

— Maman, on pourra aller se baigner avec papa quand il reviendra ?

La question d'Arthur s'est perdue en écho. Comme relayée par des haut-parleurs. Les passants me dévisageaient, la ville était suspendue à mes lèvres. Existences à l'arrêt. Je suffoquais. Mon mal de crâne était de plus en plus diffus.

— Bien sûr, mon chéri, nous irons tous ensemble !

Je me haïssais. Cette journée était un film d'horreur. Chacun de mes pas, un coup de poignard. À chaque mot que je prononçais, je m'attendais à ce que l'un d'entre eux me pose la question avec un regard transparent. « *Maman, pourquoi tu ne nous dis pas que papa est mort ?* » La déception et puis l'horreur : papa est mort et maman est une menteuse. J'ai essayé de garder un visage ouvert. Tête haute, sourire affable. En réalité, j'étais une sorcière. Mes efforts pour maintenir l'apparence du poli, du fluide, du quotidien étaient tels que mes traits étaient devenus rigides. Sous le masque, tout n'était que saccage.

Ma mère est arrivée. Cela faisait plusieurs semaines qu'on ne s'était pas vues. Au téléphone, je n'avais pas dit grand-chose, à part que les enfants ne savaient rien. Dire, c'était rendre réel ce que je voulais encore considérer comme un cauchemar. Elle a accroché sa veste trop grande au portemanteau et m'a serrée dans ses bras. Avant même de parler. Ses yeux, miroirs de mes larmes. Au moment où j'allais partir, Arthur s'est mis à hurler. J'ai fini par claquer la porte alors qu'il continuait à sangloter et à ramper dans le vestibule, comme s'il savait. Séverine, l'assistante sociale, m'attendait dans sa voiture.

Le régiment était situé à la sortie de la ville et jouxtait un terrain encerclé de barbelés appartenant aux usines Dassault. Au-delà, c'était la terre sablonneuse du Bordelais, les routes entourées de fougères. La lande piquée de pins baignait dans la lumière ocre du matin. Une clarté joyeuse qui nous avait séduits, Cédric et moi. Il n'y avait nulle part dans Martignas-sur-Jalle ni dans les communes alentour, Saint-Jean-d'Illac et Saint-Médard-en-Jalles, d'indications signalant le camp de Souge où se trouvait le 13ᵉ RDP. Personne ne savait qu'au bout d'une simple route se trouvait un régiment de forces spéciales. L'unité se voulait discrète. Si sur une carte ou une vue d'avion les trois mille hectares de terrain dédiés à l'entraînement des équipiers du Treize apparaissaient forcément, personne dans la région n'aurait pu s'y rendre par hasard.

Dimanche, les lieux semblaient déserts. Nous avons passé le contrôle sous l'œil d'un militaire en arme qui a scruté nos visages et vérifié la plaque d'immatriculation du véhicule. La barrière de sécurité s'est soulevée. Quartier Sauvagnac, c'était là que se trouvait l'état-major du régiment. D'autres voitures étaient garées devant le poste de commandement. J'ai reconnu la Citroën de Carine et la petite Peugeot de Jeanne, la femme de Franck, un adjudant-chef de la section de Cédric. Troisième étage, escalier monumental surmonté d'une tenture brodée de l'insigne du régiment et de sa devise : « Au-delà du possible. » La première fois que j'étais venue, c'était avec lui. Nous avions visité les lieux l'année de notre installation. J'ai escaladé les marches lentement. À mi-parcours, le crâne brûlant, je me suis rendu compte que je le guettais. Je grimpais dans un état proche de l'évanouissement. Il était mort mais pouvait apparaître à tout moment. L'escalier gigantesque, le plafond blanc, les portes des bureaux en enfilade dans les couloirs, tout flottait comme si j'étais en train de me noyer.

Des voix d'hommes m'ont sortie de ma torpeur. L'assistante sociale m'a fait entrer dans une vaste salle de réunion aux murs recouverts de vitrines.

— C'est la salle d'honneur du régiment, m'a-t-elle glissé à l'oreille, comme si cela pouvait avoir une quelconque importance.

Au milieu de la pièce trônait une large table présidée à une extrémité par le colonel Biaggi et à l'autre par le lieutenant-colonel Prazic. Entre eux se trouvaient Carine et Jeanne, et deux autres femmes que je n'avais jamais vues.

— Vous êtes la dernière, m'a chuchoté Séverine.

Le colonel Biaggi s'est levé en même temps que Carine et Jeanne. C'était la deuxième fois, en moins de douze heures, que je me retrouvais dans les bras du colonel. Lui et le lieutenant-colonel Prazic avaient troqué leur uniforme grisâtre contre leur tenue habituelle de travail. Le treillis redonnait à ces hommes leur allure de guerrier.

Carine avait perdu un peu de sa blondeur ; Jeanne, de sa grâce de danseuse. Mes deux amies avaient l'air de revenantes mais sans doute portais-je le même masque. J'ai posé mon regard sur les deux inconnues.

— Myriam Martin et Manon Servent, a précisé le colonel. La femme du major Thierry Martin et la compagne du brigadier Thomas Beaumont.

Je leur ai jeté un regard inondé.

— Elles sont dans la même situation que vous, madame Delmas, a lâché sobrement le lieutenant-colonel Prazic.

Carine m'a serrée dans ses bras, m'a étouffée de ses larmes.

Après avoir observé quelques minutes un silence seulement dérangé par nos sanglots, le chef de corps nous a invités à nous asseoir.

— Je voudrais vous dire combien je suis désolé de vous revoir dans ces circonstances.

Je m'accrochais à des détails : la coupe en brosse du commandant en second et ses sourcils asymétriques qui lui donnaient un air perpétuellement étonné, le visage bouffi de Myriam, l'unique boucle d'oreille de Jeanne qui se balançait dans l'air à chacun de ses mouvements ou la mèche de cheveux que Séverine remettait derrière son oreille. Tout pour ne pas hurler. Mon regard s'est fixé sur les ongles de Carine. Longs, roses, épais comme du béton. Faux comme la couleur de ses cheveux et ses seins, qu'elle m'avait dit avoir refaits quelques années auparavant.

Carine et Jeanne avaient été prévenues avant moi. Ensuite était venu le tour de Myriam. Manon devait se marier avec Thomas à son retour de mission. Compagne non officielle du brigadier Beaumont, la délégation avait d'abord frappé à la porte des parents de Thomas. Ces derniers lui avaient téléphoné pendant la nuit. Débardeur blanc et cheveux en bataille, visage effaré, elle avait l'air d'avoir douze ans. Biaggi a évoqué son compagnon, un « démineur de grand talent ». « Démineur », Manon a répété le mot plusieurs fois, comme si elle le découvrait. Le mari de Myriam, le major Thierry Martin, le plus âgé du groupe, dirigeait la mission. Son expertise du terrain et de l'ennemi a été soulignée. « Un chef de confiance. »

Au moment de prononcer son nom, Biaggi a coulé un regard appuyé vers Myriam. Le genre de regard qui raconte une histoire qu'il faut cacher. Jeff, le mari de Carine, a été encensé.

— Ce tireur longue distance ne ratait jamais sa cible, a précisé Biaggi en se frottant les yeux.

Puis ça a été le tour de Franck, qui s'occupait de la sécurité de l'équipe, et d'un certain Alexis Perrier qui faisait partie de l'opération en tant qu'observateur. Enfin est venu celui de Cédric. C'était le numéro deux de l'équipe. Sa double compétence de radio et de FAC[1] l'avait désigné comme appui idéal. Biaggi s'est attardé d'une voix sépulcrale où ne subsistait plus aucune trace d'accent corse :

— L'adjudant Delmas savait désigner des objectifs aux appuis aériens et coordonner leur mise à feu par radio. – Laconique, il a ajouté : – Cédric était un soldat complet. Un stage passé à l'École du génie avait parfait sa compétence en matière d'explosifs. Un soldat de grande valeur et un homme de parole.

J'ai levé la tête vers les photographies d'anciens du régiment suspendues au mur. Morts, nos maris étaient des héros. Autour de moi, tout est soudain devenu inconsistant. J'ai agrippé la table. Il y avait quelque chose que je ne comprenais pas. À l'inverse de ce que le colonel cherchait à nous faire croire, la vie de Cédric, résumée

1. *Forward Air Controller* : contrôleur aérien avancé qui coordonne exclusivement les mouvements des aéronefs et leur mise en action sur la zone de combat, en fonction des unités au sol.

en quelques mots, me semblait brusquement dépourvue de sens. Les naissances, les premiers Noëls, les départs en vacances, les moments de joie et de peine, ces événements ondoyaient comme un océan détraqué. Tout était fini et il aurait fallu que j'avale ce couplet mensonger ?

— Les corps seront rapatriés dans deux jours, a continué Biaggi que j'écoutais désormais avec haine. Une cérémonie d'hommage national aura lieu aux Invalides. L'adjudant Cédric Delmas, le major Thierry Martin, les brigadiers Thomas Beaumont et Geoffroy Cagnes, l'adjudant-chef Franck Bocquet et enfin le brigadier Alexis Perrier, qui était célibataire, seront ensuite conduits à Martignas puis, selon vos vœux et ceux de leurs parents, dans leur région d'origine.

Le lieutenant-colonel Prazic s'est avancé avec un air solennel.

— Vous pouvez être fières de vos maris, ils ont fait preuve de courage.

Sa voix était nasillarde, ses intonations métalliques faisaient penser à un timbre de synthèse. Là où Biaggi, malgré sa rigidité militaire, parvenait à garder une forme de souplesse, Prazic semblait n'être capable de se mouvoir que comme si l'ensemble de ses articulations et de ses muscles était soumis à la censure. Il a étouffé une quinte de toux puis a repris, l'air soudain gêné de ce qu'il allait dire :

— Si cela peut vous aider, sachez qu'ils sont morts sur le coup.

Cédric n'avait pas souffert. Il n'avait donc pas eu le temps de songer à moi et aux enfants, d'observer la mort faire son travail avec le visage de sa femme imprimé sur la rétine. Cette idée m'obsédait. L'attaque avait eu lieu aux alentours de quatre heures du matin. Une heure plus tôt en France. C'était le brouillard dans ma tête. Il fallait absolument que je me souvienne de la matinée de samedi. Alors que nous prenions notre petit déjeuner, Cédric était déjà mort. Cette pensée m'a clouée brutalement sur place. Hier, samedi, j'avais mangé avec les enfants. Puis j'avais regardé les entraînements de football pour Lucas sur Internet. Il devait être treize heures quarante-cinq quand les garçons étaient partis jouer dans le jardin. Les heures jusqu'au soir s'étaient succédé. Quatorze, quinze, seize heures, le goûter, dix-huit heures, le bain, dix-neuf heures, le dîner, vingt heures, l'histoire, vingt heures trente, le coucher des enfants. J'avais rangé la cuisine et inscrit sur un bloc-notes une liste de courses à faire pour le lendemain matin. Vingt-trois heures, minuit, une heure. Le trou noir. Il n'y avait pas eu d'éclair dans le ciel, je n'avais même pas été foutue de sentir quelque chose. Une vibration, un coup au cœur. Rien.

— Une heure plus tard, un support aérien a bombardé le village ennemi tandis qu'au sol, un groupe de soldats kurdes a repris le terrain et récupéré les corps, a terminé le colonel Biaggi.

J'ai refréné mes questions. Je ne savais pas par laquelle commencer. Carine m'a devancée :

— Où cela s'est-il passé ? Que faisaient nos maris ?

Nouveau silence. Les deux gradés se sont observés. Finalement, le colonel Biaggi s'est à nouveau tourné vers nous.

— Tout ce que je peux vous dire, c'est qu'il s'agit d'une mission de renseignement qui a tourné à l'embuscade.

Comme nous ne disions toujours rien, il a poursuivi :

— Je ne peux pas vous en dire plus, vous connaissez la règle.

À cette dernière phrase, j'ai senti l'atmosphère se tendre. Le visage de Myriam a pris aussitôt le masque de la révolte. Elle s'apprêtait à prendre la parole quand le colonel Biaggi s'est raclé la gorge. Il semblait mal à l'aise.

— Nous allons retarder au maximum la divulgation de la nouvelle aux médias. Dès qu'ils seront au courant, ils vont essayer de vous contacter.

Un court silence s'est immiscé entre nous, dans lequel Myriam a tenté de s'engouffrer à nouveau. Elle se tenait désormais droite sur sa chaise, prête pour le combat.

— Je vous demanderai simplement de ne pas répondre à leurs questions.

Biaggi a regardé la vaste table autour de laquelle tant d'officiers s'étaient assis. Comme s'il y puisait la force de continuer et qu'au milieu des veines du bois allait jaillir la parole qui guérit. Comme Myriam, les autres femmes avaient l'air choquées par cette injonction à se taire qui suivait l'absence d'explications quant aux circonstances de la disparition de nos hommes. Des milliers de pensées m'assaillaient. Même la mort de Cédric n'assouplissait pas les règles du Treize. Clandestinité, discrétion. Effectivement, nous connaissions par cœur cette loi du secret.

L'ambiance était lourde. Biaggi avait aussi perdu des hommes. Cédric était très proche de lui. Au Treize, les grades semblaient parfois être donnés à titre indicatif tant ce qui primait était la valeur humaine et la compétence des soldats. J'ai écouté le colonel évoquer à nouveau nos maris valeureux, courageux, la mission glorieuse du régiment et la précision déjà entendue la veille : « Ils ne sont pas morts en vain. » Biaggi se raccrochait à ces éléments de langage dénués de sens pour combler les zones d'ombre. Il suivait le protocole avec des mots neutres qui ne faisaient qu'épaissir le mystère. Cette mixture insipide faite de mensonge par omission et de secret-défense me révoltait. Tout ce que j'avais accepté pendant plus de dix ans, l'officieux, l'invisible, me donnait maintenant la nausée. J'ai surpris un échange de regards entre Biaggi et Prazic. Les deux officiers semblaient être en proie à un combat intérieur. Puis Biaggi a lâché d'une traite :

— Vos maris se trouvaient en Syrie dans une zone extrêmement sensible.

Alors c'était la Syrie. Un souvenir m'est revenu à l'esprit. Quand Cédric m'avait annoncé qu'il partait en mission, j'avais demandé, comme à chaque fois, « Où ? » et, comme à chaque fois, il avait observé un silence avant de me répondre. Au Treize, le choix de dire ou de ne pas dire était laissé au libre arbitre des équipiers. Certains choisissaient de raconter à leur femme où allait les emmener leur prochaine opération extérieure, d'autres se taisaient. Le reste, la teneur de la mission, demeurait secret. Entre femmes, nous ne nous disions rien. Nous respections le choix de nos maris. C'était surtout par superstition. Ne pas dire, ne pas dévoiler, respecter ce statu quo de mystère, c'était maîtriser, même une part infime, le destin de nos hommes. L'actualité était parfois un indice. Quand Cédric avait évoqué le Levant, j'avais insisté : « Quel pays ? » J'avais affiché sur le mur de la cuisine une carte que j'avais trouvée sur Wikipédia. La définition de cette zone était la suivante : « Désigne traditionnellement les pays bordant la côte orientale de la mer Méditerranée. » Égypte, Liban, Syrie, Palestine, Jordanie, Israël. Le terme était également utilisé par l'État islamique pour désigner l'Irak et la Syrie. Le matin de son départ, j'avais montré la carte à Cédric. Il avait paru intéressé. Il s'était penché au-dessus de la table de la cuisine en prononçant les noms de ces pays que je ne connaissais pas. Je savais que certains lui étaient familiers. Cédric parlait l'arabe. « Mon amour, tu as raison, c'est bien là-bas que je pars », avait-il confirmé d'un air moqueur. Là-bas.

J'ai observé les autres veuves. Certaines savaient, d'autres avaient peut-être chez elles leur propre planisphère de supplice, de la lecture ciblée dans la bibliothèque – un tropisme soudain pour telle ou telle zone de guerre. Aucune n'avait réagi. Que nous importait le lieu finalement ? De nouveau, une vague de fiel m'a envahie. Quel était ce métier absurde qui tuait nos maris à des milliers de kilomètres de leur pays natal ? Mon cerveau ne parvenait plus à raisonner. Leurs mines sérieuses, leurs treillis de guerrier, leurs rangers agressives et même cette salle d'honneur, tout puait la mort à plein nez et ce remugle m'écœurait.

Biaggi a cessé de parler. Je n'avais rien suivi. Je l'ai observé. Il avait dû passer une nuit blanche, une nuit brisée ponctuée par les coups de téléphone. Il fallait préparer la tourmente. Comment encaisser la perte de six hommes ? Se sentait-il responsable ? Il y a un an, quand il avait pris le commandement du régiment, Biaggi avait évoqué dans son discours le lien presque organique qu'il entretenait avec l'armée, mais aussi l'attachement viscéral qu'il éprouvait pour ses soldats, qu'il avait comparé à l'amour d'un père pour ses enfants.

Sur le chemin du retour à la maison, je ne cessais de penser à mes beaux-parents. C'était à moi de leur annoncer la nouvelle. Ils vivaient en banlieue parisienne, à Viroflay. À seulement vingt minutes en train de la gare Saint-Lazare, on avait l'impression d'être à la campagne. Ils s'étaient aménagé une retraite tranquille, égayée par nos trop rares visites. Quand Cédric leur avait appris que j'attendais un petit dernier, ils ne s'étaient pas réjouis comme il l'avait espéré. Ce n'était pas avec mon salaire de juriste et la solde de Cédric qu'on allait nourrir quatre bouches. J'ai pensé brusquement qu'il ne fallait même plus compter sur celle-ci.

À la maison, les enfants étaient en train de jouer dans le salon avec ma mère.

— Tu sais, ma chérie, j'ai toujours su que ça arriverait.

Soudain, cela m'est revenu. Ma mère, l'oiseau de malheur. Pessimiste par vocation ou plutôt grande jouisseuse du désastre. C'est pour cette raison précise qu'on se voyait de moins en moins. Quand je lui avais parlé de Cédric pour la première fois, il y a plus de dix ans, alors que mon cœur ne faisait que chanter, elle s'était contentée de détourner les yeux. « Un militaire », avait-elle répété d'un ton désapprobateur.

J'ai hurlé :

— Dégage ! Va-t'en !

Je l'aurais tuée. Elle est partie comme une ombre. Tête basse, oubliant sa veste informe qui avait dû appartenir à mon père.

Le soir est arrivé. J'ai fait dîner les garçons, les ai installés devant un film puis je me suis enfermée dans notre chambre. Mon monde s'était écroulé. Une poignée de clous rouillés me tordait l'estomac depuis la veille. Les cadres de photos avec Cédric et les enfants me narguaient. J'ai pris le petit objet qui était posé sur la tablette en marbre. C'était un briquet en argent qui appartenait à Cédric. Il ne fumait pas. Il l'avait rapporté d'une mission en Jordanie. Il avait fait sculpter nos prénoms par un artisan sur un marché en plein air d'Amman. « Un cadeau pour nous deux », avait-il dit quand il l'avait extirpé de son sac à dos, enroulé dans une feuille de papier journal froissé dont l'encre des caractères arabes avait bavé. J'ai allumé le briquet. Une flamme bleue a jailli, à l'odeur de pétrole. Elle s'est mêlée au parfum de Cédric, comme s'il était entré dans la pièce, prêt à m'enlacer. Il me serrait parfois si fort que je sentais les os de mon dos craquer. Ma poitrine menue s'écrasait contre la sienne et je pouvais croire, pendant quelques douloureuses secondes, qu'il m'appartenait. J'ai passé ma main sur la flamme. Une fois, deux fois. La troisième fois, je suis restée plus longtemps. Dents serrées jusqu'à les briser. Quand j'ai senti l'odeur de chair brûlée, j'ai glissé le briquet dans mon sac à main puis me suis levée.

Tout en arpentant la pièce, j'ai tourné les phrases dans ma tête. Les parents de Cédric. Nous n'étions pas vraiment proches. Le père, silhouette maigre, avait un casque de cheveux blancs, un air effacé. La mère, des rondeurs. Un banal couple de retraités, aux ambitions modestes. Je m'étais toujours étonnée qu'ils aient pu enfanter un garçon comme Cédric. Ils étaient de quasi-inconnus dont j'allais briser la fin de vie. J'en avais les mains moites. J'y avais pensé toute la journée. J'en voulais à Biaggi de ne pas s'être chargé lui-même de cet appel.

Quand j'ai enfin décroché le téléphone, il était vingt et une heures passées. Ma main m'élançait. C'était l'heure du film que mes beaux-parents regardaient religieusement chaque dimanche soir en sirotant une tisane pour elle, un whisky pour lui. La mort de leur fils allait entrer par effraction dans la fiction puis dans le reste de leur vie. Je savais déjà qu'ils allaient oublier ma propre souffrance. Qu'ils allaient me haïr. Six, sept sonneries. À la huitième tonalité, une voix ou plutôt un croassement a répondu, le timbre éraillé de quelqu'un qui n'a pas parlé depuis longtemps et qu'il faut échauffer d'un raclement de gorge. C'était mon beau-père. « Cédric… » Je me suis interrompue. Mon cœur défonçait ma poitrine. Au lieu d'achever ma phrase, j'ai demandé de leurs nouvelles.

Je me suis souvenue que des travaux étaient en cours dans la maison qui jouxtait la leur.

— Est-ce que ce n'est pas trop bruyant ? ai-je demandé, la voix tremblante.

Tout pour gagner du temps. Parler de la pluie et du soleil, des rhumatismes de ma belle-mère et des caries de Lucas, de la grève des trains de banlieue ou de la hausse du prix de l'essence. Mon beau-père a étouffé une quinte de toux et m'a assuré que tout allait bien. Je sentais à son ton impatient qu'ils étaient bien devant la télévision et que si je n'avais pas quelque chose de plus important à lui dire, je ferais mieux de raccrocher. Je n'avais plus le choix.

— Je vous appelle à propos de Cédric.

Silence à l'autre bout du fil, il m'a semblé percevoir des battements de cœur.

— Oui, comment va-t-il ?

Sa voix chevrotante était celle d'un vieillard naïf dont l'existence tranquille a fait baisser la garde et pour qui le pire n'est pas envisageable.

— Il lui est arrivé quelque chose. Il a disparu.

Nouveau mensonge. J'étais incapable de prononcer le mot fatidique. Je ne savais plus quoi dire. Mon beau-père a amorcé un début de phrase qui s'est perdu en une nouvelle quinte de toux. Viroflay était à plus de cinq cents kilomètres de Martignas mais c'était comme s'il était à mes côtés. Ce que je venais d'annoncer, même cette périphrase, venait de créer un nouvel espace. Une brèche solidaire puisque désormais nous étions deux à souffrir. Je le sentais lutter pour rester au téléphone. Sa voix tremblait, au diapason de mon propre pouls qui s'emballait. J'ai entendu des chuchotements, puis un hurlement inhumain qui a masqué les bruits de la télévision. Un gémissement de bête plutôt que de femme. Quand mon beau-père a récupéré le combiné, je n'ai pas reconnu sa voix.

— Je vous attends à Martignas, ai-je fini par déclarer pour briser le silence, mais il faut que je vous prévienne, je n'ai rien dit aux enfants.

L'échange téléphonique m'avait vidée. À l'étage, les garçons dormaient. À force de penser à eux, une boule s'était logée dans mon ventre, qui n'avait rien à voir avec le bébé que j'attendais. Lui était à peine formé, pas plus gros qu'un haricot flottant dans les limbes, et il me semblait qu'il était devenu mon complice. Il savait tout. Esquisse d'oreilles qui avaient entendu le colonel Biaggi, ébauche de membres qui avaient senti mon estomac se soulever. Petit être en devenir chez qui je puisais la force de ne pas m'écrouler.

J'ai de nouveau pris mon téléphone portable. Le dernier message de Cédric datait de l'avant-veille de son départ. Nous avions prévu de dîner dans le jardin, et je l'avais chargé de faire quelques courses en sortant du régiment. Il m'avait laissé un message pour me prévenir qu'il serait en retard. J'ai réécouté les mots banals. « Mon amour, commencez sans moi, j'arrive le plus vite possible, mais on est en plein dans les derniers préparatifs en ce moment. Je suis désolé, je fais au mieux. Je t'aime. » Je suis restée en suspens, goûtant chaque phrase, chaque intonation. Puis j'ai recommencé. Encore et encore, jusqu'à connaître par cœur la teneur de tous ses messages. Puis je suis allée voir les dernières photos que j'avais prises et que je n'avais pas encore eu le temps de transférer sur mon ordinateur. J'étais frénétique. Boulimique. Voix, images, je voulais tout absorber. Revenir au temps d'avant, figer ce qui avait existé.

Les paroles du colonel Biaggi ont refait surface dans mon esprit. Monologue de brouillard dont était ressortie une consigne à suivre à la lettre, une recette de survie pour temps durs. Il avait parlé de la fierté que nous devions ressentir pour nos maris. Comme si on avait besoin qu'ils meurent pour l'éprouver, cette fierté ! Biaggi avait parlé de Légion d'honneur, l'assistante sociale avait évoqué l'aide financière qu'on allait recevoir de l'État. « Veuve de guerre » : l'expression était d'une laideur archaïque non dépourvue de noblesse. Nos hommes étaient des héros, ce qui faisait de nous des héroïnes. Comme s'il suffisait à un soldat de mourir pour faire partie des élus. J'étais suffisamment lucide pour savoir que ce n'était pas aussi simple. Je me tenais debout devant les affaires de Cédric. Il avait rangé ses vêtements civils dans la penderie. Ses pantalons, ses chemises suspendues à des cintres, ses chaussettes, ses caleçons formaient un joyeux désordre qui contrastait avec la partie du placard qui m'était réservée. Pour me faire sortir de mes gonds, Cédric savait sur quels ressorts appuyer. Ma maniaquerie en faisait partie. « C'est toi en réalité qui aurais dû t'engager dans l'armée », aimait-il répéter quand pour la énième fois de la semaine je lui demandais de ne pas laisser traîner ses chaussures au milieu de la pièce. Après son départ, les premières semaines étaient vite passées, mais dès l'amorce du mois d'août, j'avais ressenti les premiers signes du manque. J'avais recommencé à imprimer nos photos, à réécouter ses messages. À chaque mission, c'était le même rituel. Aujourd'hui, la mort de Cédric avait réduit le temps et l'espace. Un T-shirt gris était roulé en boule au bas du placard. Je l'ai ramassé. C'était celui qu'il avait enfilé pour boire son café le matin de son départ. J'ai enfoui mon visage dans le coton. Discrète, en réalité presque déjà évanouie, l'odeur de chair endormie m'a prise à la gorge.

Mon amour. Je t'aime. À ce soir. Tu me manques. Je pense à toi. Une voix murmurait dans la pièce. Comme une incantation. *Mon amour. Je t'aime. À ce soir. Tu me manques. Je pense à toi.* La voix reprenait, entêtante et fébrile comme le délire d'une folle. *Mon amour. Je t'aime.* Les mots étaient scandés par salves régulières. Ma bouche répétait. *À ce soir. Tu me manques. Je pense à toi.* JAMAIS PLUS ? Ma main m'élançait encore. Une douleur insoutenable.

Les corps de nos maris sont arrivés le lendemain matin de Syrie. Ils avaient voyagé de nuit dans un avion de transport de matériel militaire, un appareil semblable à celui dans lequel ils avaient embarqué avec une trentaine d'autres soldats deux mois auparavant.

Il y a longtemps, Cédric m'avait raconté que quand l'armée ne pouvait pas fournir de corps, en cas d'explosion ou d'impact particulièrement violent par exemple, elle lestait les cercueils avec des sacs remplis de terre. Le but était de simuler une pesanteur crédible. J'avais toujours éprouvé une curiosité malsaine pour ce détail morbide. Un poids réaliste, c'était quoi ? Soixante-dix, quatre-vingts kilos ? Quelqu'un était-il chargé, au régiment, d'amasser cette terre afin de la transformer en corps pesant ou bien l'armée possédait-elle quelque part, dans un endroit gardé secret, une réserve dans laquelle puiser ? Cédric n'avait jamais su ou voulu me répondre.

Aujourd'hui, il s'agissait de mon mari. Et pour le moment, je ne savais rien de l'état du corps. Dès que j'ai reçu l'appel téléphonique de Biaggi, j'ai acheté un billet de train. Le colonel était déjà sur place à Paris en compagnie du général Drieut, le gouverneur militaire de la capitale, et du chef d'état-major de l'armée de terre, un certain général Fauvert. Je n'avais encore rien dit à mon patron, j'ai invoqué une visite urgente à ma mère malade. Il allait bien falloir que je lui parle. L'idée qu'un étranger me regarde avec pitié me remplissait d'horreur. Je voulais que le monde croie que rien n'avait changé.

Je suis allée dans le jardin pour ranger les jouets des enfants. Seule une activité enragée m'empêcherait de m'écrouler. Quand Cédric partait en mission et que je m'inquiétais de ne pas recevoir le coup de fil attendu ou que des images de guerre défilaient à la télévision, je rentrais dans des transes d'activités fiévreuses. Je n'avais pas toujours été consciente de ce besoin presque hystérique de nettoyer la maison, de tondre la pelouse, de changer les draps des enfants, de fatiguer mon corps nerveux lors de séances de course à pied qui m'emmenaient toujours plus loin sur les routes de campagne ou dans les rues des villes où nous habitions. Parfois, je me disais qu'au fond je ne voulais qu'une seule chose : ressembler à Cédric, capter un peu de sa force et de sa solidité en m'entraînant comme lui et les hommes du Treize. L'état de torpeur dans lequel je finissais par tomber, exténuée, me permettait d'atteindre le même sentiment de jouissance que je sentais sourdre chez Cédric quand, tard le soir ou tôt le matin, je le voyais revenir d'un entraînement particulièrement éprouvant.

J'ai entendu un bruit dehors. Ma mère était devant la porte.

— Pardon, ma chérie.

Elle tenait un bouquet de fleurs à la main. Je n'aimais que celles des champs. Soudain, j'ai éclaté en sanglots. Pas pour Cédric, pas pour ma mère toujours à contretemps, mais pour ces fleurs coupées.

— Est-ce que tu peux rester ici ? lui ai-je demandé en m'essuyant les yeux.

Elle a fermé la porte derrière elle et j'ai senti le parfum d'eau de rose sur sa peau. C'était l'odeur de ses baisers quand, petite, elle venait le soir m'embrasser. Bouffée d'innocence. Quand j'étais encore indemne, ignorant qu'un jour, mon cœur me serait arraché.

Je suis arrivée à Paris en début d'après-midi. La gare Montparnasse était peu animée. Dans le métro, une foule bigarrée s'entassait. Un accordéoniste en gilet de cuir a pénétré dans le wagon où je m'étais installée. Après avoir réglé son instrument, il a entonné une chanson en espagnol avec un accent balkanique. La mélodie heurtée m'hypnotisait. Pendant quelques secondes, j'ai tout oublié.

Vingt minutes plus tard, j'ai quitté l'air anthracite du métro parisien. Aux Invalides, les pelouses étaient noires de monde. Des adolescents jouaient au football. Leurs survêtements roulés en boule ou leurs sacs à dos posés sur l'herbe délimitaient les buts. D'autres groupes fumaient, téléphonaient, se prenaient en photo et achevaient de pique-niquer, lunettes de soleil sur le nez, sourires éclatants. Deux joggeuses écarlates, visages en sueur, s'étiraient sur un banc maculé de fientes de pigeon.

Avec les autres veuves, nous nous étions donné rendez-vous dans un café situé devant l'entrée de la station de métro La Tour-Maubourg. Manon est arrivée la première. Elle a débarqué sur la terrasse du café en même temps qu'un couple d'une soixantaine d'années. L'homme et la femme étaient vêtus de noir. Ils symbolisaient parfaitement le mimétisme des vieux couples. Même silhouette maigre, même uniforme de deuil démodé dont ils semblaient avoir trouvé la panoplie disgrâcieuse en fouillant dans les cartons humides d'un vide-grenier de province. La jeune fille était avec eux mais tout dans leur attitude trahissait une volonté de se désolidariser d'elle. De toute façon, avec son air de biche aux abois, sa jeunesse au corps ferme et le tombé impeccable de sa robe sombre, elle offrait un contraste saisissant avec cet homme et cette femme qui ne seraient jamais ses beaux-parents. « Bonjour Clémence, je te présente les parents de Thomas, Marc et Catherine. » J'ai répondu à leur salut et commandé un café au serveur qui venait d'arriver. L'image de mes propres beaux-parents m'a traversée. « Il a disparu. » C'est tout ce que je leur avais dit.

Myriam nous a rejoints quelques minutes plus tard, suivie de Jeanne et de Carine. Carine était la seule à être venue avec ses enfants. Jeanne avait laissé son petit, Théo, à la garderie. Quant aux grands adolescents de Myriam, ils n'avaient pas souhaité voir le corps de leur beau-père.

« Dernièrement, l'entente n'était pas vraiment cordiale avec Thierry », a-t-elle dit en guise d'explication. Ils viendraient plus tard, pour les obsèques.

Le funérarium des Batignolles se trouvait dans le dix-septième arrondissement. Un bus spécialement affrété par l'armée est venu nous chercher, conduit par un soldat en treillis. Nous avons traversé Paris sans parler. Je n'étais jamais allée dans une morgue. Morgue. Rien que le mot m'écœurait. Maintenant que notre bus se rapprochait, j'imaginais un édifice vétuste, simulacre d'hospice, d'hôpital psychiatrique à la façade ravagée ou d'ancien pensionnat à l'abandon. Plus nous avancions, plus j'éprouvais une joie paradoxale qui me faisait mal. Une voix folle murmurait dans ma tête. *Cédric est rentré, Cédric est en France.* Plus que quelques minutes avant de le voir, de caresser son visage, peut-être de l'étreindre. Quelques secondes encore avant de l'embrasser. Sa mort devenait un détail. J'observais la capitale défiler derrière les fenêtres du bus, je souriais. Savoir qu'il n'était pas loin de moi me réconfortait. *Il est mort, il est mort*, répétait une seconde voix. *Tu ne vas voir personne*, insistait-elle. *Un corps. Sans vie.* Mais le corps de Cédric, même sans vie, n'était-ce pas une personne ? N'avais-je pas le droit de m'en réjouir ?

Nous étions sur le point d'arriver. Je sombrais peu à peu. Me rattrapais in extremis à des images bien réelles. La douceur de la peau de mes enfants, le soleil étincelant derrière les vitres, la brûlure sur ma main. Je me retenais pour ne pas me taper la tête contre la fenêtre. Une porte a claqué et m'a tirée de la rêverie dans laquelle j'étais tombée. Je me suis frotté les yeux, j'avais dormi. Un grand building moderne s'élevait non loin, construit le long d'une large avenue sans charme. J'ai eu l'impression que nous avions quitté Paris et que nous avions atterri dans une banlieue spectrale. C'était là que Cédric m'attendait. J'ai rangé précipitamment mes affaires. Mes mains tremblaient. Il ne fallait pas que je sois en retard. Je me suis levée brusquement et j'ai senti mon pouls marteler mon aorte. Dehors, plein soleil. Les autres femmes et le militaire qui nous avait conduits me faisaient signe de descendre. Carine était pâle sous sa couche de fond de teint. Devant nous, Myriam et Manon, et plus en avant Jeanne, avançaient d'un pas lourd, comme si elles évoluaient dans des sables mouvants.

Près de la porte en verre du bâtiment, étincelant sous le soleil d'août, le colonel Biaggi, le général Drieut et le général Fauvert nous attendaient. J'ai parcouru les quelques mètres qui nous séparaient à pas de plomb. La chaleur que j'aimais tant était ce matin insupportable. Biaggi a dû avoir pitié de moi puisqu'il a esquissé un mouvement pour venir à ma rencontre. Il avait une démarche de marin. Chaloupée, comme on disait autrefois des Bretons qui, à force de naviguer ou de boire – sans doute les deux –, marchaient en oscillant de gauche à droite. Moi qui ne connaissais ni la Bretagne ni les bateaux, cela me faisait surtout penser aux banlieusards des Aubiers ou du Grand Parc, les cités malfamées de l'agglomération bordelaise. Je n'avais jamais vu le général Fauvert autrement qu'en photographie. De près, le chef d'état-major de l'armée de terre possédait un visage aux traits réguliers, sans charme. Taille moyenne, corpulence moyenne, cheveux poivre et sel, tout chez lui suintait une forme de classicisme ennuyeux que j'avais déjà remarqué chez d'autres officiers supérieurs de l'armée et qui, pour une raison mystérieuse, appartenait à un type morphologique inexistant au 13e RDP. À peine a-t-il ouvert la bouche que cette première impression de fadeur a été piétinée. Donnant l'impression d'un écho permanent, sa voix sourde a empli le parking de la morgue devenu antichambre de l'enfer. À ses côtés se tenait le général Drieut, le gouverneur militaire de Paris, un ancien légionnaire. J'avais également eu l'occasion de l'apercevoir dans les médias. À l'inverse du général Fauvert dont mon cerveau s'était empressé d'oublier la figure sans relief, le faciès du général Drieut, pourvu d'une séduction singulière, presque dangereuse, m'était resté en mémoire. Il avait la même taille que le général Fauvert, un mètre quatre-vingts maximum, et probablement la même cinquantaine à peine entamée, mais c'était leurs seuls points communs. Cet homme m'a jeté un regard tel qu'il m'a semblé avoir quelque chose à me reprocher, puis m'a tendu une main brusque.

— Mes respects, madame Delmas, j'associe ma sympathie à celle du chef d'état-major de l'armée de terre pour vous présenter mes sincères condoléances.

Je l'ai remercié, même si son ton n'avait rien de sympathique.

Une fois dans la morgue, nous avons patienté dans une pièce, ornée de fausses plantes vertes. Il y faisait à peine moins chaud qu'à l'extérieur, la touffeur était pesante sous le plafond bas dont les néons réfractaient une lumière éclatante. Drieut et Fauvert ont disparu dans un couloir aux murs couleur vert amande. Dans un coin, entre une table basse encombrée de magazines et un poster représentant un soleil couchant aux teintes violines, un distributeur de boissons ronronnait. Le sol était recouvert de linoléum. L'éclairage électrique restituait l'ambiance atone des salles d'attente des hôpitaux et des maisons de retraite. J'ai mis quelques minutes à m'habituer à l'odeur médicamenteuse des lieux. Biaggi nous a proposé des cafés et rapidement le fumet amer a recouvert celui entêtant de camphre, de Javel et de solution saline qui imprégnait la pièce. Nous avons bu notre boisson en silence. Un employé de la morgue nous a dépassés en nous jetant un regard profond et neutre à la fois, probablement le même qu'il adressait à toutes les personnes que le malheur amenait ici.

Dix minutes plus tard, les deux généraux étaient de nouveau parmi nous.

— Madame Delmas, est-ce que je peux m'entretenir avec vous un instant, s'il vous plaît ?

Le général Drieut m'a entraînée dans une pièce attenante à celle où nous patientions. Le gouverneur militaire se tenait maintenant à quelques centimètres de mon visage. Avec ses cheveux blancs et son nez aquilin, il aurait pu tenir un rôle de consul dans un péplum. Une force occulte émanait de sa personne, de ses gestes lents et travaillés, de ses traits mobiles sur lesquels flottait, malgré la gravité du moment, une impression de sarcasme.

— Madame Delmas, asseyez-vous, je vous prie.

Le général semblait brusquement douter de ses mots, comme s'il se rappelait soudain la rudesse des jours que je venais de vivre et que le masque officiel devait tomber.

— Merci général, ai-je dit, frappée par l'ombre qui s'étalait sur ses traits.

Sa voix a baissé jusqu'à ne plus devenir qu'un chuchotement :

— Madame Delmas, je suis désolé de vous l'apprendre dans ces conditions, mais nous avons reçu en fin de matinée les résultats des tests ADN effectués par les experts en médecine légale de l'armée.

Je ne saisissais pas où il voulait en venir.

— Nous avons été dans l'incapacité de procéder à ces tests plus tôt.

Mon cœur s'est emballé. Un souffle sans ampleur sortait de ma bouche.

— C'est la procédure en cas de mort au combat pour nos soldats. Les corps que nous rapatrions sont parfois méconnaissables.

La suite s'est perdue dans un cri. Dans la salle d'attente, Myriam venait d'éclater en sanglots. Le général Drieut s'est saisi de mon bras.

— J'ai le regret de vous annoncer que nous sommes dans l'incapacité de vous présenter la dépouille de votre mari. Son corps manque à l'appel, ainsi que celui du brigadier Alexis Perrier.

En revenant à moi, j'ai éprouvé quelques secondes de vertige. J'avais perdu connaissance, et quelqu'un m'avait installée dans l'un des fauteuils de la salle d'attente du funérarium. Fauvert et Drieut avaient quitté les lieux. Les autres femmes étaient toujours dans le bâtiment mais au sous-sol, au niveau de la chambre froide, sauf Carine, qui m'a embrassée. Elle avait le sourire aux lèvres. Elle avait pu dire adieu à son mari et lui enfiler l'alliance qu'un employé de la morgue lui avait tendue dans un petit sachet en plastique.

— Il me l'a donnée comme si on n'était plus mariés. Je lui ai expliqué que je voulais qu'il parte avec, que j'étais désormais sa femme pour l'éternité. – Elle avait l'air heureuse. – La femme d'un héros, a-t-elle ajouté en bombant le torse, comme si elle s'enorgueillissait de la vie future sans Jeff. Il avait le visage gonflé, couleur brique, les enfants ont mis des dessins pour lui dans le cercueil, je n'ai pas pu m'empêcher de le tâter, de caresser ses mains qui avaient enflé.

Elle ne savait rien de mon entrevue avec le gouverneur militaire.

— Tu as pu voir Cédric ?

Sa question a provoqué en moi un moment de trouble absolu. Que devais-je lui répondre ? La vérité ? Que Cédric était vivant ? Mais en étais-je certaine ? Tout était si confus depuis une semaine. Même l'armée s'était trompée.

Plus que l'épouse d'un coéquipier de Cédric, Carine était devenue, au fil des années, une amie. Mentir, édulcorer, arranger, dissimuler. Je ne faisais que cela depuis quelques jours.

— Le général Drieut m'a parlé, ai-je commencé. D'après ce que j'ai compris, il y a une erreur sur le corps.

Je parlais d'une voix hachée. Carine était suspendue à mes lèvres.

— Celui qu'ils ont ramené en France, avec Jeff et les autres, ce n'est pas Cédric.

Cet aveu m'a vidée.

— Clémence, s'ils n'ont pas son corps, c'est que Cédric est peut-être encore vivant ! s'est-elle exclamée, remplie d'une joie naïve.

Après m'avoir serrée fort dans ses bras, elle a disparu dans le couloir à la lueur blafarde. Jeanne est revenue s'asseoir dans l'un des fauteuils, près de moi. Elle se tenait prostrée, recroquevillée sur elle-même, un gobelet de café froid coincé entre ses deux genoux serrés. En quelques mots, elle m'a raconté. Elle n'avait pas reconnu Franck. Au début, le général Drieut n'avait pas autorisé qu'elle le voie. Elle aurait dû se contenter du cercueil fermé, embrasser une boîte en bois. J'ai pensé de nouveau aux kilos de terre. Ce détail allait-il longtemps me hanter ? Jeanne s'était obstinée.

« Vous me cachez quelque chose. Si je ne peux pas voir son corps, qui me dit qu'il est réellement là-dedans ? » Après un court conciliabule avec l'employé de la morgue et le colonel Biaggi, Drieut avait fini par céder. « Mais je vous préviens, madame Bocquet, nous n'avons pu identifier votre mari que grâce aux tests ADN et à sa plaque militaire qu'il portait autour du cou. Même si j'avais rencontré votre mari dans le passé, je ne l'aurais pas reconnu… »

On avait ouvert le cercueil pour elle. De la couleur était revenue sur ses joues, son regard avait repris de l'éclat. Elle avait bien fait d'insister, avait-elle déclaré au colonel Biaggi. L'homme qui était allongé dans le cercueil n'était pas son mari. Le général avait répété que des tests avaient été effectués, mais Jeanne n'en avait pas démordu : l'homme au visage énorme, comme s'il souffrait d'une maladie dégénérative, qu'elle avait en face d'elle, n'était pas le para éclatant qu'elle avait épousé. « Il est plus petit que Franck ! » n'avait-elle cessé de répéter alors que Biaggi la reconduisait dans la salle d'attente. Elle avait repris : « Si vous l'avez envoyé sous identité protégée dans un autre pays pour une mission secrète, je préfère que vous me le disiez… Je vous promets, je ne dévoilerai rien ! »

J'ai imaginé Cédric sous couverture. En Iran. En Libye. Au Pakistan. N'était-ce pas toujours les mêmes pays ? L'idée était séduisante même si elle induisait le mensonge. Mais que préférais-je ? Cédric mort, Cédric agent secret ou

Cédric disparu ? Du cinéma pour achever de me mettre en lambeaux. C'était risible. Je l'avais, ma réponse. Je l'avais déjà caressée. Une idée fixe devenue crédible. *Pas de corps, pas de mort*, disait la voix.

De retour à Martignas après le trajet en TGV, j'ai récupéré ma voiture à la petite gare, puis j'ai pris le chemin de la maison. Une fois arrivée, après avoir souhaité bonne nuit aux garçons, j'ai tout raconté à ma mère. À peine avais-je achevé mon récit que je l'ai regretté. « Ne te fais pas d'idées, ma chérie », a-t-elle dit, comme si elle avait deviné.

Les parents de Cédric s'apprêtaient eux aussi à se rendre à Paris, il fallait que je les contacte. Au téléphone, ils sont restés sans voix. Ils ne comprenaient pas ce que je leur disais. Mon beau-père n'arrêtait pas de répéter : « Mais qu'est-ce qu'ils en ont fait ? » Un instant, j'ai hésité. J'ai pensé à Jeanne et à Franck, son compagnon. Boursouflé dans son cercueil. Méconnaissable. C'était tentant de raconter une nouvelle histoire. Ajouter un énième mensonge à ma liste. De toute façon, je ne vivais plus, je survivais. J'ai amorcé un début de phrase qui sonnait faux, puis je me suis ravisée.

L'impossible était arrivé : on avait confondu mon mari avec les restes d'un corps. D'un inconnu. Pas d'un homme du Treize, ni d'aucune unité des forces spéciales françaises déployées en Irak et en Syrie. Ce n'était pas non plus un soldat de l'armée conventionnelle. Les hypothèses étaient infinies. Ce pouvait être un Kurde, un Syrien, un Irakien. Cela pouvait être un ami, un ennemi, un djihadiste, un chef de tribu ou un simple combattant. Personne n'irait réclamer ce corps dans un pays en guerre où les cadavres anonymes s'amoncelaient. Il s'agissait d'un tas de chair sans nom auprès duquel la plaque militaire de Cédric, ce petit bout de ferraille sur lequel était inscrit son nom, son groupe sanguin et son numéro de matricule, était tombée. La chaîne avait été arrachée. Elle avait été retrouvée gisant dans une mare de sang. Du O+, la classification de Cédric. Je l'avais soigneusement rincée à l'eau tiède avant de la réparer et de la suspendre autour de mon cou. Je la sentais brûlante, collée contre ma poitrine comme elle l'avait été contre le torse de Cédric.

Il était vivant, je le sentais au fond de mon ventre. Le petit corps cotonneux qui s'était rendu à la morgue avec moi et qui poussait envers et contre tout me le disait. Lui et moi avions un secret, que je brûlais de partager avec ses aînés. Quand les garçons se blottissaient le soir contre moi et qu'ils posaient chacun leur tour une main, une bouche ou une oreille sur mon ventre avant d'aller au lit, je savais dur comme fer que tout irait bien.

Selon Biaggi, l'état du corps de l'inconnu était dû à un tir de RPG, un lance-roquettes russe particulièrement offensif, un type d'arme utilisé contre des hélicoptères en vol lent ou stationnaire à basse altitude. Le résultat, c'était de la chair à djihad, lambeaux de peau noircis troués de débris d'os et de membres carbonisés. De la viande plutôt qu'un homme. Les vêtements avaient brûlé, partis en fumée immédiatement. Tandis qu'il évoquait l'odeur caractéristique de cadavre calciné, Biaggi avait pris un air dégoûté et j'avais compris que le souvenir de missions passées revenait parfois le hanter.

À la maison, après avoir enfoui mon visage dans le T-shirt gris de Cédric avec lequel je dormais depuis une semaine et qui ne sentait désormais plus que l'odeur grasse de ma crème de nuit, j'ai ouvert l'enveloppe scellée qui gisait au fond du tiroir de ma table de chevet. Il n'y avait finalement pas grand-chose sur la feuille de papier. Déformation professionnelle, Cédric avait toujours fait en sorte d'apparaître le moins possible sur Internet. Ses mots de passe étaient des imbroglios de chiffres et de lettres, de majuscules et de minuscules. Pas de date de naissance, aucun de nos prénoms. Je me suis connectée à ses deux adresses électroniques sans trop savoir ce que je cherchais. J'ai lu mes derniers mots. Ils semblaient dater de la préhistoire. Obsolètes, les mots d'amour ; périmés, les projets. Pourtant, Cédric était vivant. Je me suis répété ces trois mots, fébrile. Sur son compte bancaire, aucune opération n'avait été enregistrée depuis deux mois. Je suis revenue à ses boîtes mails. Messages d'amis, publicités, newsletters, les derniers courriers lus dataient de la veille de sa disparition. Que croyais-je en inspectant ces écrits, en étudiant ces comptes ? Que le lieu exact où Cédric se trouvait jaillirait comme par miracle ? J'ai fini mon enquête en me connectant sur Facebook. Le fil d'actualité m'a aspirée. Je connaissais le traquenard par cœur, mais je n'avais pas envie de lutter. Je me suis abîmée à voir défiler des vies heureuses. Je n'avais plus la force d'être disciplinée. J'ai senti mon cerveau se figer. Mon corps devenir inerte. Mes yeux vitreux. Mes doigts ont continué leur course folle sur l'écran du téléphone. Les existences tourbillonnaient. Des tranches de bonheur qui donnaient la nausée. J'avais mal au crâne, mais impossible de décrocher.

Une heure plus tard, qui avait duré cinq minutes, j'étais toujours en ligne. Sur la page de Cédric, il n'y avait rien. Il s'était inscrit sous un obscur pseudonyme et le dernier post affiché datait d'il y a quelques années : il s'agissait d'une vidéo montrant un lapin en train de poursuivre un renard sur une route de campagne, le tout sur une musique de fête foraine agaçante. Seuls deux de ses dix-sept amis, dont je ne faisais pas partie, avaient commenté la vidéo. C'était incompréhensible.

Il ne fallait pas que j'ouvre les yeux. Les ouvrir, c'était reprendre pied avec la réalité. Tuer Cédric une deuxième fois. Mais j'étais forte. Pour lui, pour les enfants. Je me suis forcée à prononcer ses mantras. « Agir pour ne pas mourir. » Des phrases toutes faites, prières sacrées ou slogans incantatoires parfois provocants. Au fil des années, je m'étais approprié ses formules, j'étais celle qui n'existait alors qu'à l'état latent. Une femme en puissance. Un potentiel non exprimé, que son amour avait révélé.

Nous étions mardi matin. Plus de soixante-douze heures s'étaient écoulées depuis que Cédric était mort. Cela faisait cinq minutes que mon téléphone sonnait.

— Clémence, c'est Fabien. Je ne te dérange pas ?

Fabien. Adjudant Fabien Paris. Ce nom venait de loin. C'était un des coéquipiers de Cédric. Un collègue de travail qui, au fil du temps, était devenu un ami. Il était supposé être en Syrie. Son timbre de voix précieux m'a surprise. J'aurais dû m'y habituer, pourtant il me fallait à chaque fois quelques secondes d'adaptation. Même pour des sujets graves, peut-être afin d'alléger son propos, Fabien étirait les mots, les goûtait comme des mets délicats, les articulant jusqu'à les transformer en mondanités de salon. Cela ne cadrait pas avec l'archétype du soldat, mais c'était aussi pour cette raison que Cédric s'entendait bien avec lui.

— Bonjour Fabien. Où es-tu ?

Tout en parlant, je me suis levée et j'ai regardé l'heure sur l'écran de mon téléphone. Il n'était que sept heures du matin.

— Je t'appelle de Villacoublay, on vient d'arriver en France, Jean-François est avec moi.

Il semblait essoufflé. Il a baissé d'un ton puis repris :

— Je suis désolé de ce qui est arrivé à Cédric. On était avec lui et les autres quand tout a commencé, on n'a rien vu venir.

Sa voix s'est brisée dans mon oreille avant même que j'aie le temps de répliquer quoi que ce soit. Jean-François, l'adjudant Keller. Également un camarade de Cédric. J'entendais la respiration haletante de Fabien, comme s'il faisait les cent pas sur le tarmac. Une longue minute s'est écoulée, puis il a recommencé à parler. Ils avaient décollé de Syrie la veille au soir, à bord d'un avion de transport militaire. Ils avaient atterri au milieu de la nuit sur la base aérienne de Villacoublay, en banlieue parisienne.

— Nous sommes attendus au Commandement des opérations spéciales dans quelques heures. On a déjà été débriefés en Syrie, mais ils ont préféré nous rapatrier en France. Il paraît qu'on est en état de choc !

En prononçant ces derniers mots, Fabien a étouffé un rire qui s'est mué en sanglots.

— Quand serez-vous à Martignas ? ai-je demandé, impatiente.

Fabien m'a promis qu'il me téléphonerait dès qu'il en saurait plus.

J'ai guetté mon téléphone tout le reste de la journée, meublant le temps en cuisinant. Gâteau au chocolat, cakes salés, le fruit de mon travail frénétique était posé sur la table de la cuisine, en face de la carte en couleur du Levant que j'avais failli décrocher la veille. Tous les soirs les garçons se postaient devant, comme si Cédric allait en jaillir tel un génie de dessin animé. Leur papa qui, quelque part entre les lignes de cette carte, pensait à eux. J'avais d'abord entouré en rouge la Syrie, puis dessiné un point sur un nom de ville choisi au hasard. J'étais devenue hors-la-loi. L'assassin qui sème de faux indices pour tromper l'enquêteur. Sauf qu'il s'agissait de mes enfants. De la fenêtre de la cuisine, je les voyais jouer au football, se suspendre aux arbres. Je les entendais s'inventer des histoires. C'était cela que je voulais préserver à tout prix. Je leur ai adressé un signe de la main.

Enfin, mon téléphone a vibré. J'avais rendez-vous le lendemain avec Jean-François et Fabien.

J'ai déposé les enfants chez ma mère à dix-huit heures. J'avais toute ma soirée. J'étais en avance. Je me suis installée à la terrasse du café de Martignas où nous devions nous retrouver. Quelques minutes plus tard, une ombre familière s'est introduite dans mon champ de vision. L'homme qui s'avançait ressemblait bien à Jean-François, mais en négatif. Mêmes carrure, traits et démarche, à l'exception d'une légère boiterie. Tout était similaire, mais en creux, en vide, en usé comme un vieux jouet déglingué. Derrière le bronzage syrien, le visage était livide. L'adjudant Keller faisait à peu près la taille de Cédric, mais la comparaison s'arrêtait là. Son débit était tellement précipité qu'il donnait l'impression d'aboyer dès qu'il parlait. L'une ou l'autre de ses jambes tressautait constamment quand il s'asseyait et ses grands yeux bleus étaient toujours à l'affût, s'accrochant à chaque détail et évitant de croiser le regard de son interlocuteur. Il paraissait être sous l'effet d'un stress permanent. Cette impression était renforcée par le dessin de son cuir chevelu, laissant de larges golfes malgré ses trente ans, comme s'il avait vieilli prématurément. Je l'avais surnommé « l'intranquille », comme dans *Le Livre de l'intranquillité* du poète portugais Fernando Pessoa. Aujourd'hui l'intranquille aurait pu être renommé « le mort-vivant ».

Il a pris place en face de moi sans parler. Sa jambe trépignait déjà sous la table quand il s'est saisi de ma main. Nous sommes restés ainsi en silence jusqu'à ce que Fabien nous rejoigne. Fidèle à lui-même, il a sinué du trottoir jusqu'à la terrasse comme un serpent ondule. Contrairement à Jean-François, son visage semblait n'avoir subi aucune altération. Au contraire. La morsure du soleil oriental l'avait embelli. Avec son nez grec et ses cheveux noirs, il aurait pu passer pour un Italien en villégiature dans le Bordelais. Fabien était petit, avec des muscles affleurant la peau. Je savais par Cédric, qui l'avait vu se battre, qu'il ne fallait pas se fier à la sensualité trouble qui se dégageait de lui et que sa voix, comme trempée dans du sucre liquide, ne démentait pas. « Tu vois le type de personnage teigneux, colérique et efficace qui revient dans un film sur deux ? L'éternel second sans qui le héros ne serait rien ? Eh bien, c'est Fabien ! » Qui était le héros, Cédric ne l'avait pas précisé. Avec de tels attributs, Fabien aurait pu être antipathique. Il n'en était rien. Cette matière humaine faite de contradictions et d'angles morts suscitait un intérêt immédiat.

Quelques secondes plus tard, nous étions dans les bras les uns des autres. Leur étreinte, presque brutale, m'a fait du bien. Même leur odeur de tabac et de sueur. Fabien, que je dépassais pourtant d'une bonne tête, me protégeait. Il ne fallait pas qu'ils se détachent. J'ai formé ce vœux muet mais il n'a pas été entendu. Le corps de Jean-François s'est relâché, celui de Fabien a perdu de sa rigidité salvatrice. Ils ont fini par s'écarter, comme à contrecœur.

— Que s'est-il passé ? Dites-moi tout, je veux tout savoir.

Ils étaient les derniers à avoir vu mon mari. Jean-François a commencé à parler. Blessé pendant l'attaque, il semblait choqué.

— C'est la procédure, il n'y a que ça qui compte. La guerre menée contre Daesh au Levant nécessite que rien ne soit laissé dans l'ombre, qu'ils disent tous au Balargone[1] ! Comme si on se souvenait de quoi que ce soit !

J'étais perdue.

— De quoi tu parles ?

Fabien a interrompu Jean-François :

— On sort d'un débrief qui a quasiment duré douze heures, on est épuisés. Je suis désolé, Clémence.

— Au moment de décrocher, on est tombés sur une grosse katiba[2], a enchaîné Jean-François, plongé dans ses souvenirs. Qui nous a écrasés avec tout ce qu'elle avait, kalachnikovs, lance-roquettes. J'avais jamais vu un truc aussi violent, j'entendais plus rien. Fabien et moi, on a quitté nos trous. Ça nous a séparés des autres. On a continué à bouger, le cœur des combats s'est déplacé et nous a éloignés des tirs. La dernière chose qu'on a vue, c'est la katiba qui les engloutissait. On a marché des heures au GPS et on est sortis de la zone de feu. J'ai juste été touché par des impacts de roquette dans le dos et je me suis tordu la jambe en étant projeté par le souffle d'une explosion.

J'ai touché le briquet de Cédric que j'avais glissé dans mon sac à main – simple réflexe, car je ne fumais pas moi non plus. Rapidement, le métal froid est devenu tiède dans ma main. Il fallait que je sache. « Votre mari est un héros… Vous connaissez la règle chez les forces spéciales… » Ces paroles lénifiantes, reprises en chœur par Biaggi et Prazic,

1. C'est ainsi qu'est surnommé le ministère des Armées situé dans le quartier de Balard, à Paris, depuis 2015, en référence au Pentagone américain.

2. Camp ou unité de combattants.

avaient creusé comme du sel sur ma plaie. Que faisaient-ils là-bas ? Comment Cédric était mort ? Comment s'étaient passés les deux premiers mois de mission ? Je les harcelais de questions, sans obtenir de réponses. Les deux soldats semblaient troublés. Pour Fabien, je devais arrêter de me torturer l'esprit.

— Clémence, c'est fini, le débrief, on a donné, on a déjà tout dit. On est comme toi. On ne sait pas ce qui s'est passé ensuite… On attend.

Ils avaient raison mais leur fidélité à l'armée me dégoûtait soudain. Et Cédric ? Et moi ? Et les enfants ?

Je ne sais pas ce qui a décidé Fabien à parler. Son amitié pour Cédric, l'affection qu'il avait pour la femme d'un équipier, à moins qu'avoir vu l'horreur et frôlé la mort ne le fasse considérer avec une nouvelle distance sa loyauté envers les règles de son régiment. Sans doute un mélange de tout cela.

— On est partis huit jours auparavant de la base en hélicoptère. Il y avait Cédric et tous les autres, Perrier, Bocquet, Cagnes, Martin.

Après avoir prononcé le nom du mari de Myriam, il a fait une pause.

— Quoi ?

— Thierry était bizarre depuis quelque temps. On aurait dit qu'il n'avait plus de filtre quand il parlait. Ça a commencé l'année dernière au régiment, il s'est pas mal bastonné avec des collègues. Au début on s'est dit qu'il avait des problèmes avec sa femme ou avec les gamins.

D'après les rumeurs, c'était même pas sûr qu'il puisse partir en mission !

— Bref, l'a coupé Jean-François, ça aurait peut-être été mieux qu'il parte pas...

Je me suis souvenue du regard du colonel Biaggi sur Myriam le lendemain de l'annonce de l'attaque. Un mystère planait, mais ce n'était pas ce qui m'intéressait pour le moment.

— Ensuite ?

C'est Jean-François qui m'a répondu :

— On avait dans nos sacs à dos de quoi tenir une semaine. C'était une mission de renseignement comme une autre. Départ de nuit avec largage à quatre mille mètres du sol puis infiltration sous voile[1] pour ne pas se faire repérer. Chacun avait son équipement habituel, HK416 et Glock 17 pour l'armement, plus quatre grenades par homme dans le paquetage. Jeff, le mari de Carine, qui est tireur de précision, avait en plus un deuxième fusil. Avant qu'on saute de l'hélicoptère, il s'est bien foutu de Fabien qui faisait à peu près le même poids que son paquetage.

— C'est-à-dire ?

Fabien a esquissé un sourire sans joie.

1. Il s'agit d'un mode opératoire que les commandos parachutistes pratiquent pour s'introduire discrètement dans les positions ennemies. Il consiste à effectuer, généralement de nuit, un saut en parachute à haute altitude et à dériver sous voile, selon la force du vent et les courants ascendants, sur une dizaine de kilomètres, voire davantage.

— On avait tous sur le dos entre soixante et soixante-dix kilos !

Devant mon regard interloqué, Jean-François a précisé :

— Tu sais, Clémence, on a l'habitude. L'armement, les vivres, l'équipement pour se planquer, le matériel de secourisme et d'observation avec les appareils photo et les caméras et les outils pour creuser, c'est pas léger ! Bref, on a sauté et on a suivi le protocole habituel : repli du parachute et début de la mission de surveillance. On avait tous nos casques, des lunettes de vision nocturne et nos gilets pare-éclats. On était en sueur. La zone, on la connaissait, mais de loin, par des images de drone et des clichés satellites. Là, c'était du réel.

Fabien n'arrêtait pas de regarder autour de lui, traquant les oreilles indiscrètes. C'est lui qui a repris le fil du récit :

— La zone qu'on devait observer contenait une poche de Daesh, dans un village situé au nord-est du pays. C'est par là que les djihadistes transitent une dernière fois avant de revenir se faire exploser en Europe. C'est une sorte de hameau abandonné, aux trois quarts détruit par la guerre. De nuit, c'était fantomatique, toutes les maisons étaient à moitié écroulées. On avait été largués dans une montagne proche, à quatre heures de marche lente du point d'observation. C'est là qu'on serait récupérés deux ou trois jours plus tard, pour ne pas brûler la zone observée.

— C'est-à-dire ?

J'étais avide de détails, impatiente qu'il en vienne au fait.

— Brûler une zone, c'est anéantir tout le travail d'observation clandestin qui vient d'être fait, m'a expliqué Jean-François.

J'ai eu une nouvelle fois l'impression que cet homme aboyait plus qu'il ne parlait.

— En gros, si l'hélicoptère se fait repérer par les djihadistes, autant que ce soit le plus loin possible de l'endroit qu'on vient de quadriller !

La lumière était tombée, c'était bientôt l'heure de dîner mais je n'avais pas faim. Des odeurs de nourriture grasse nous parvenaient de la cuisine du café. Je pensais aux enfants. Où allais-je puiser la force de tenir ? Fabien a repris :

— On a creusé nos trous et on s'est tous planqués en observation. On est restés comme ça huit jours. On communiquait avec le téléphone satellite et quand ça ne passait pas, avec la radio haute fréquence. Puis on a reçu l'ordre du camp de base de nous replier. J'imagine qu'on avait assez bossé. En tout cas, quand on a réceptionné la consigne, on a tous été soulagés. Il nous restait quarante-cinq minutes pour ranger notre matériel, ratisser la zone pour vérifier que rien n'avait été oublié, puis quatre heures de marche avec nos soixante kilos de barda.

— Et ensuite ?

Jean-François ne disait plus rien. Sa deuxième bière et l'écoute attentive du récit de Fabien l'avaient plongé dans un état de transe. Ce dernier semblait maintenant vouloir être le plus précis possible pour que je ne pose pas de questions supplémentaires et en finir au plus vite.

— C'est au moment de se replier que tout est arrivé. Ceux dans le bourg devaient rejoindre ceux qui s'étaient planqués dans les hauteurs. Ensuite on devait tous évoluer en colonne jusqu'à la zone de récupération où nous attendait l'hélico tous feux éteints. Dans ces cas-là, on est très méticuleux, on balaye le terrain en silence, on a l'habitude, on ne communique que par signes, comme en plongée sous-marine.

Un groupe de jeunes recrues en formation au Treize est passé devant notre table avant de s'engouffrer dans le bar. Je les ai entendus acheter des cigarettes au comptoir, s'esclaffer, puis se taire. Quelques secondes plus tard, ils chuchotaient. Fabien s'est assuré que le petit groupe s'était installé au fond du bar pour commander à boire, puis il s'est remis à parler d'une voix étranglée :

— Au moment de quitter nos trous, on s'est fait prendre par des tirs. Ils se sont déchaînés…

Fabien, qui avait gardé son calme jusque-là, ressuscitait la scène. Évanoui le beau gosse à la peau cuivrée, j'avais désormais devant moi un soldat anxieux dont les yeux injectés de sang revivaient l'horreur.

— Ça a été le bordel, un bordel indescriptible. Ça a gueulé de notre côté. Quand on a commencé à me tirer dessus, je me suis aplati au sol, j'ai mangé de la terre. J'ai pensé aux autres qui étaient terrés pas loin. Quand on a compris qu'on se faisait attaquer, Cédric, le radio de l'équipe, a appelé l'hélicoptère. Ton mari était devant moi, il m'a crié qu'il n'arrivait à joindre personne. Il a doublé notre appel au secours avec le téléphone satellite. Mais personne n'est jamais venu. Pendant ce temps, on continuait à se faire tirer dessus. Je ne voyais plus rien. On a jeté nos grenades, Jeff a répliqué avec son arme et je crois qu'il en a eu quelques-uns. Mais c'était trop tard. Ils étaient trop nombreux.

Une semaine plus tard, Séverine est venue avec des formulaires à lire et à remplir pour recevoir une pension de l'État. Je n'arrivais pas à m'intéresser à cette paperasse que j'étais supposée compulser fébrilement puisqu'il s'agissait de notre avenir, aux enfants et à moi. « Vous n'êtes pas comme Carine, a laissé échapper Séverine, à un moment. Elle s'est occupée de son dossier et c'est tout juste si elle ne s'est pas déjà acheté une maison ! » Je n'ai pas pu m'empêcher de rire. Je savais que c'était un peu plus compliqué que cela.

Je devais aller à Paris dans quelques jours. J'appréhendais le voyage. Tant que les funérailles n'avaient pas lieu, je parvenais à arrêter le temps sur un doute. Un mensonge peut-être, mais c'était grâce à lui que je me levais le matin. Le faux était une béquille. Quand la réalité frapperait à la porte de notre quotidien, je serais suffisamment forte pour la prendre à bras-le-corps.

Un soir, mes beaux-parents ont sonné à la porte de la maison. À la manière bestiale dont ils ont serré Lucas et

Alexandre dans leurs bras, j'ai compris qu'il fallait que je fasse rapidement diversion.

Ils avaient apporté un album de photos d'enfance de Cédric. Quand Arthur, son portrait craché, a fait irruption quelques secondes plus tard dans le salon, ma belle-mère a réprimé un cri.

— Bonjour bonne-maman. Pourquoi tu as l'air triste ?

Ma gorge s'est serrée. J'ai répondu à la place de ma belle-mère :

— Bonne-maman est un peu fatiguée, mais ne t'inquiète pas, cela ira mieux demain ! Alexandre, emmène tes frères là-haut !

Sur le canapé, la mère de Cédric était immobile et le regard fixe. Avant de monter à l'étage, Arthur l'a embrassée et j'ai deviné que son corps éprouvé par les années se figeait. Le mien s'est glacé à l'idée qu'elle ne puisse pas se contrôler. J'ai abrégé les tendres bisous d'Arthur et fermé la porte du salon derrière lui.

La soirée a été étrange. Mes beaux-parents amorçaient des débuts de phrases qui n'arrivaient jamais à leur fin. Notre conversation se perdait en écheveaux de souvenirs diffus et de questions privées de points d'interrogation. Je n'avais rien à leur dire de plus que ce que j'avais appris du colonel Biaggi et des deux rescapés, et je savais que ce n'était pas suffisant. La nuit est arrivée et nous n'avions toujours pas dîné. J'ai fait chauffer de l'eau pour des pâtes sur les coups de vingt-deux heures, servi à boire. Vingt minutes plus tard, c'était prêt. Nous avons mangé sur la table basse. J'observais mon beau-père mâchonner dans la pénombre une bouchée aussi indigeste que de la colle. Il avait vieilli. Quand ils ont quitté la maison, le ciel était blanc. Nous avions veillé pendant des heures.

Lundi matin, après avoir conduit les enfants chez ma mère, j'ai pris le chemin du travail. Je n'avais pas appelé mon service, je ne voulais pas de leur pitié. On m'aurait proposé de rester à la maison, on aurait confié mes dossiers à quelqu'un d'autre. Je m'accrochais à une seule idée : faire comme si rien ne s'était passé. À l'heure du petit déjeuner, ma main tremblait quand je versais le lait chaud dans les bols des garçons. Dans la douche, je passais machinalement du froid extrême à la brûlure intense en tournant le mélangeur de gauche à droite. La salle de bains fumait comme un hammam. Séverine m'avait dit que c'était le choc : la perte de sensibilité faisait partie des dommages collatéraux. « Cela reviendra », avait-elle dit d'un air désolé.

Un soir, le téléphone a sonné. C'était Christelle, la femme du chef de corps. Elle proposait que nous nous réunissions chez elle, en bordure du camp de Souge. Son mari serait absent pour deux jours, il avait été convoqué à Paris par le gouverneur militaire et le chef d'état-major des armées.

Jeanne est arrivée la première. De taille moyenne, frêle, je l'avais toujours connue en jean, cheveux aux épaules, frange noire mangeant un visage pointu. Je connaissais par cœur l'histoire de sa rencontre avec Franck. Elle avait eu lieu à Paris, au début des années deux mille. À l'époque, Jeanne était serveuse au Pub Saint-Michel, le quartier général des paras en mission Vigipirate dans la capitale. Un soir, alors que Franck et ses camarades savouraient une soirée de détente autour d'une bière fraîche sous l'égide de saint Michel, le patron des paras, Jeanne s'était timidement approchée de leur table pour prendre leur commande. Ce groupe d'hommes à la stature carrée qui parlaient fort l'impressionnait. Le coup de foudre avait été immédiat. Jeanne ne connaissait rien de l'armée. Elle avait appris à la connaître. Et à l'aimer. Pour l'orpheline qu'elle était, Franck était devenu plus qu'un simple petit copain.

Jeanne a posé son sac dans l'entrée, je l'ai aperçue osciller jusqu'au salon, une ombre flottante sur le point d'être atomisée par un coup de vent. Elle arrivait directement de Pessac, où elle travaillait dans un restaurant étoilé. Son visage tout en angles s'est éclairé en me voyant. Son étreinte était un appel au secours. Elle avait perdu du poids. J'ai songé à Théo, son fils d'à peine deux ans. Se souviendrait-il que son père avait été un adjudant-chef des forces spéciales ? J'ai pensé à Arthur. Il était à peine plus âgé. Un jour, il oublierait.

Christelle nous a offert à boire. Nous nous sommes installées dans le salon en attendant les autres. Jeanne semblait gênée de se trouver dans la demeure du colonel Biaggi, comme si son corps de prolétaire trop maigre était déplacé chez un officier. Comme si la perte de Franck n'était pas une raison suffisante pour qu'on se préoccupe de son sort. Elle avait oublié ce que son mari lui avait raconté de l'armée les mois qui avaient suivi leur rencontre, ce qui avait fait partie de la séduction : la famille militaire, la fraternité d'armes.

Quelqu'un a toqué à la porte, Christelle s'est levée pour aller ouvrir et j'ai remarqué pour la première fois sa tenue sombre, son pantalon de toile informe et son chemisier trop long qui descendait sur ses hanches larges. Pas coquette, peu à l'aise dans son corps, Christelle était l'antithèse de Carine qui venait justement d'arriver. Cette dernière a traversé la pièce comme une fusée, peu impressionnée par la table basse en marqueterie et le grand canapé en cuir. Un dossier dépassait de son sac. Avant l'été, Carine avait passé un concours de la fonction publique pour devenir gardienne de la paix.

— Alors, ton concours ? ai-je demandé. Tu as eu les résultats ?

Carine n'avait pas fait d'études. Après quelques années de mannequinat à l'adolescence, elle avait rapidement donné naissance à Florent et à Sarah puis s'était consacrée à leur éducation. Ce concours, c'était leur idée à tous les deux avec Jeff. Sa solde de brigadier ne leur suffisait pas à mener la vie dont ils avaient rêvé, et si la prime que Jeff recevait à chaque départ en Opex rajoutait du beurre dans les épinards, ce n'était pas assez.

— Je l'ai eu, a répondu Carine, une moue perplexe sur les lèvres, comme si elle se demandait soudain quel était l'intérêt d'une telle réussite maintenant qu'elle n'avait plus personne avec qui la partager.

Je savais ce qu'elle ressentait.

Nouveau mouvement dans le jardin. Myriam et Manon sont arrivées. Myriam avait enflé, gonflé, du visage et du corps, comme si le chagrin avait formé un œdème de larmes sur son épiderme.

— Bonjour mesdames, a-t-elle déclaré d'un ton distant.

Nous lui avons répondu sur le même ton. Il n'y avait pas que du désespoir chez elle, il y avait aussi de la colère. Manon s'est faufilée derrière elle pour aller aux toilettes, précédée par Christelle. J'ai entendu leurs chuchotements dans le vestibule. Christelle est revenue seule un instant plus tard.

Cédric avait connu le major Martin, le mari de Myriam, à Dieuze, l'ancienne garnison du régiment. Thierry était l'un de ces anciens du Treize dont cette Opex au Levant devait être la dernière. Thierry et Myriam s'étaient rencontrés dans une discothèque de Bordeaux et s'étaient aussitôt découvert des origines communes : comme elle, Thierry était du Nord. D'après ce qu'avaient suggéré Fabien et Jean-François, ces deux-là ne formaient pas un couple si tranquille. À moins qu'il y ait eu autre chose.

Myriam avait les cheveux courts et blonds, un visage ingrat à l'exception d'une paire d'yeux vert émeraude qui ce soir étincelaient de rancœur. Ses enfants faisaient leurs études à Lille, ils étaient arrivés la veille à Martignas.

Thierry n'était pas leur père. Le premier mari de Myriam était décédé d'un cancer foudroyant quand ils étaient petits.

La silhouette gracile de Manon s'est dessinée à nouveau dans l'encadrement de la porte. Son irruption a fait diversion. Depuis combien de temps était-elle aux toilettes ? Probablement la vingtaine de minutes que nous avions passée à finir la brique de jus de pomme de Christelle et à nous taire.

— Désolée, je ne me suis pas sentie bien, s'est-elle excusée en nous rejoignant.

Carine, tapotant sur le canapé, lui a fait une place à côté d'elle. Elle a posé une main aux ongles peints sur les genoux minces de Manon qui, dans un sourire forcé, nous a dit qu'elle était contente d'être parmi nous.

— Cela n'a pas été facile, a-t-elle avoué, les parents de Thomas voulaient venir, ils ne comprennent pas qu'on se retrouve entre femmes, comme si on avait des choses à cacher, ils se sentent exclus.

Manon a enchaîné, confuse et agitée :

— L'assistante sociale m'a expliqué que je peux faire une demande de mariage post mortem. La réalité, c'est que c'est moi qui suis exclue ! On n'était ni mariés ni pacsés.

La suite de sa phrase s'est évaporée dans un soupir. Christelle a ramené de la cuisine une bouteille de rosé. Elle a tendu un verre à Manon qui a repris :

— Ils disent que si je veux épouser leur fils, c'est pour leur voler leur douleur, leur voler leur deuil. Ils disent que je n'étais rien pour lui alors qu'ils savent très bien que c'est faux. On s'aimait, on avait tout prévu pour le mariage.

Je pensais à Cédric. S'était-il déjà assis sur ce canapé en cuir ? Avait-il posé le même regard que le mien sur cette austère demeure, impeccablement rangée ? À quoi pensaient les autres femmes ? Carine semblait déjà tournée vers l'après ; Jeanne avait vieilli d'un coup. Trente ans de moins que ma mère et déjà les mêmes traits affaissés. Le masque de l'horreur sur lequel se dessinerait demain celui de la résignation. Elle avait vu la mort et, comme mon beau-père, comme probablement les beaux-parents de Manon qui ne parvenaient à exprimer leur chagrin qu'en voyant dans la compagne de leur fils une ennemie – puisqu'il fallait bien que quelqu'un soit coupable –, elle ne s'en remettrait pas.

C'est Myriam qui a brisé le silence inconfortable.

— Thierry voulait que j'arrête de travailler à l'hôtel. Trois nuits par semaine, c'était trop pour lui. Entre les entraînements, les missions et moi qui découchais, on se voyait plus.

Elle s'est soudain tue avant de poursuivre rapidement, comme si elle regrettait d'avance ce qu'elle allait nous dévoiler de sa vie privée :

— Ces derniers temps, on n'arrêtait pas de s'engueuler. J'avais l'impression qu'il me supportait plus. Tout l'énervait. Je le reconnaissais plus. Le jour de son départ en mission, j'ai presque été soulagée…, a-t-elle hoqueté.

— C'était pareil pour moi, a répondu Manon. Quand je travaillais de nuit à l'hôpital, Thomas m'en voulait. J'essayais de faire en sorte de prendre toutes mes gardes quand il était absent, mais ce n'était pas toujours possible.

De nous cinq, Manon était la seule à ne pas avoir cautionné la carrière de son compagnon. Elle n'avait jamais compris qu'on puisse devenir militaire, s'engager pour des intérêts obscurs, risquer sa vie. Même les entraînements, la vie rustique, les exercices jusqu'à la douleur lui avaient toujours semblé absurdes.

— À l'hôpital, je côtoie la mort tous les jours, des accidentés de la route, des malades en phase terminale.

Manon a ajouté en soupirant :

— Ces gens donneraient n'importe quoi pour guérir ou pour ne pas avoir pris la route avec deux grammes d'alcool dans le sang. Ils seraient prêts à tous les sacrifices pour vivre. Thomas, lui, j'avais parfois l'impression qu'il rêvait d'en finir.

Le lendemain, la nouvelle est sortie dans la presse.

Le 29 août, quelque part au nord de la Syrie, dans une zone tenue secrète, un groupe de soldats français étaient tombés lors d'une embuscade tendue par des djihadistes de l'État islamique, qui avait tourné à l'affrontement. Quatre étaient morts au combat, deux avaient survécu. Avec notre accord, l'armée avait soigneusement camouflé la disparition de Cédric et du brigadier Alexis Perrier durant le combat. Le colonel Biaggi avait été on ne peut plus clair. « Nous attendons. Si c'est Daesh qui les a, alors la revendication devrait arriver sous peu. Mais si Delmas et Perrier sont encore sur le terrain, cachés dans un trou comme on leur a appris à l'entraînement et qu'ils attendent une reprise du terrain par nos forces, alors pas besoin que ceux d'en face le sachent et se mettent à leur recherche ! » C'était dur à entendre mais logique. L'implacable logique militaire contre laquelle je ne pouvais pas faire grand-chose.

*

Le car spécialement affrété pour la cérémonie est parti du camp de Souge peu après cinq heures du matin. Il y avait de la brume sur la garnison quand nous avons pris place dans le véhicule. C'était d'une tristesse feutrée de voir les soldats grimper en silence et d'entendre le colonel Biaggi donner ses instructions à voix basse au lieutenant qui commandait le piquet d'honneur. Fabien et Jean-François étaient en civil. Les autres soldats étaient en treillis mais tous portaient avec précaution leur uniforme de cérémonie repassé. Un instant plus tard, nous étions en route.

L'aube s'est levée sur la campagne rase et j'ai eu soudain très froid. Comment avaient-ils pu se tromper ? Comment avaient-ils pu, sans preuves, envoyer une délégation militaire m'annoncer la mort de mon mari ? Après une courte halte aux Invalides pour que les soldats du Treize puissent enfiler leur tenue, le car nous a déposés en milieu de matinée devant le pont Alexandre-III. Un contingent d'une douzaine de soldats du Treize était lui parti en direction des Batignolles afin de récupérer les cercueils de leurs camarades. De nouveau, j'ai pensé aux sacs de terre, au visage boursouflé du mari de Jeanne et à l'air presque pimpant que Carine avait arboré après avoir vu une dernière fois le cadavre de Jeff. De mon côté, je n'avais rien vu, rien touché, rien caressé. Depuis que Biaggi et Drieut avaient parlé, leurs mots étaient les seuls éléments tangibles auxquels je pouvais me raccrocher.

Les veuves se tenaient debout sur le trottoir, prêtes à s'engager sur le pont dès qu'elles verraient la grosse berline noire du corbillard militaire sur la chaussée. Toutes, nous scrutions la place de la Concorde. Je sentais les femmes intimidées. Le groupe de soldats du Treize qui n'étaient pas au funérarium se tenait derrière nous. Uniformes austères, visages fermés et pourtant regards dans lesquels je pouvais distinguer une immense peine. Ils faisaient rempart. Étaient-ils au courant que j'étais une intruse ? Là par solidarité, à cause d'une méprise. Seule au milieu des autres femmes, que la vision majestueuse du bâtiment de l'Assemblée nationale avec son drapeau en berne impressionnait, je tentais de donner une contenance à mon corps maladroit. Déjà, les passants s'arrêtaient. Des touristes, chaussures de marche aux pieds et appareils photo autour du cou, prenaient place le long de la rambarde ouvragée, comme dans l'attente d'un spectacle à venir.

Quelques instants ouatés se sont enfuis. Une berline est venue déposer le général Fauvert et le général Drieut. En tenue de cérémonie, képi sur la tête et gants blancs, les deux officiers ressemblaient aux deux facettes d'une même pièce. Un autre bus a ensuite déposé une quarantaine de soldats en treillis. Certains ont salué les généraux. En passant devant nous, tous enlevaient leur béret en effectuant un signe de tête, mouvements de solidarité et de reconnaissance qui, répétés plus d'une dizaine de fois, m'ont émue aux larmes. J'ai regardé du côté de Myriam, de Jeanne, de Manon et de Carine. Elles aussi avaient les yeux rouges. J'ai tourné la tête. Une soudaine pudeur, peut-être aussi la crainte qu'elles interprètent mal mon regard, m'empêchait de les observer trop longtemps. Nous étions désormais plus d'une centaine, assemblés le long de la chaussée dont la circulation avait été arrêtée. L'armée, mais aussi des centaines de civils étaient venus saluer une dernière fois leurs camarades.

Un peu en retrait mais bien visible, une équipe de télévision était également présente. Le cameraman était un homme fluet aux cheveux noirs mi-longs et aux yeux en amande. La journaliste était Sophie Barneville, une grande blonde sportive au visage en lame de couteau que j'avais vue plusieurs fois au journal de vingt heures, toujours dans des pays en guerre. Le micro tendu vers un équipier du Treize qui communiquait le strict minimum d'informations, elle jetait régulièrement des coups d'œil impatients en direction de la rue de Rivoli. À peine le jeune soldat interviewé, la journaliste et le cameraman se sont approchés du groupe de veuves. La femme a brièvement annoncé pour quel média elle travaillait, présenté de rapides condoléances et tendu son micro vers Jeanne, qu'elle devait avoir identifiée comme étant la plus vulnérable. Il y a eu aussitôt du mouvement autour du cameraman. J'ai aperçu le colonel Biaggi, accompagné du lieutenant-colonel Prazic. Ils avaient l'air furieux. Je n'ai pas entendu ce qu'ils ont dit à la journaliste, mais une minute plus tard, cette dernière, toujours suivie de son cameraman, a braqué son micro plus loin en direction d'un passant anonyme.

Il y a eu un silence au milieu des klaxons. La rumeur de la ville a cessé. Seule restait l'odeur de pollution, flottant au-dessus de nous, concentrée par la température estivale. D'autres badauds s'agglutinaient. Personne ne parlait. Devant l'hôtel de la Marine, deux motards roulant au pas se sont engouffrés place de la Concorde. Au même moment, j'ai senti mon téléphone portable vibrer dans ma poche. Un numéro que je ne connaissais pas s'affichait sur l'écran. J'ai relevé la tête, le premier véhicule à la carrosserie noire étincelante était parvenu au niveau de l'entrée principale du jardin des Tuileries. J'ai enfoui mon téléphone dans mon sac à main.

Les femmes étaient rassemblées en un bloc compact aux côtés des plus hauts gradés. Je me suis rapprochée. Il y avait Théo, que Jeanne tenait par la main, ainsi que Sarah et Florent, les enfants de Carine. Myriam était venue seule. Je ne savais brusquement plus où me mettre. J'avais le souffle court. Ma place était-elle avec elles ou au contraire devais-je me faire discrète ? Je n'arrivais plus à réfléchir. C'est au prix d'un effort surhumain que j'ai réussi à me mouvoir. J'ai tracé mon chemin jusqu'au colonel Biaggi qui se tenait au premier rang de la haie que les soldats et quelques piétons perplexes avaient constituée. Une fois derrière lui, je l'ai agrippé par l'épaule : « Mon colonel, ai-je chuchoté, consciente que je réagissais un peu tard, je ne sais pas ce que je fais ici ! » J'avais parlé d'un ton précipité. J'étais incapable de rajouter quoi que ce soit. En guise de réponse, il m'a prise par le bras et m'a fait de la place entre lui et un jeune soldat au béret rouge dont l'uniforme exhalait une émouvante odeur d'amidon et de parfum bon marché.

Le convoi s'est engagé sur le pont. Des centaines de mains se sont levées. Les militaires saluaient le cortège qui, lentement, nous dépassait. J'ai regardé les visages, les corps rigides, les regards fixes. Forts et immobiles dans la tourmente. À ma gauche, seul un léger tremblement du bras de Biaggi m'indiquait que, comme nous tous, il était bouleversé.

J'étais debout dans la cour des Invalides. Les pavés réfractaient la chaleur du soleil qui avait brillé toute la matinée. Le piquet d'honneur du Treize se tenait à une dizaine de mètres du premier rang occupé par le général Drieut, le général Fauvert, le général commandant les opérations spéciales et et la ministre des Armées. Cette dernière venait d'achever son discours. « La mort de nos soldats et les sacrifices de leurs familles ne sont pas vains. » Elle avait aussi salué « leur engagement mené au nom de la France et de ses valeurs pour lutter contre le fléau du terrorisme ». Malgré l'horreur, il se dégageait une douceur solennelle de cette mise en scène funèbre. C'était la voix grave de la ministre, les veuves en noir et les cercueils recouverts du drapeau français. La sonnerie aux morts a retenti entre les façades. Un étau serrait ma gorge. J'ai jeté un coup d'œil en direction de Carine, de Manon et de Jeanne. Elles aussi étaient impressionnées. Carine se tenait droite comme un I. Son visage parfaitement maquillé irradiait comme si ce n'était pas en l'honneur de Jeff et des autres qu'on était tous rassemblés en silence, mais pour elle. Myriam, elle, remuait lentement la tête de gauche à droite, la bouche tordue par le mépris. Tout ce spectacle semblait la dégoûter. Au second rang, les visages des familles n'exprimaient aucune émotion. Cette emphase était troublante. Elle neutralisait, pour un instant au moins, le chagrin. Cela nous remplissait d'une fierté douce-amère, parce qu'il avait fallu que des hommes tombent pour mériter cela.

La sonnerie aux morts s'est tue. Les porte-coussins se sont avancés devant les quatre cercueils, avec les bérets des défunts, leurs médailles et leurs décorations. Le colonel Biaggi était un peu en retrait. Derrière lui, Fabien et Jean-François, les deux survivants, s'étaient changés en statue. Quand la ministre des Armées a énuméré les noms de leurs camarades, ils ont blêmi. « … brigadier Geoffroy Cagnes, brigadier Thomas Beaumont, major Thierry Martin, adjudant-chef Franck Bocquet… » Les grades et les patronymes des défunts ont déchiré le silence, ont rebondi sur la pierre. L'espace d'une seconde, je me suis attendue à entendre les noms de Cédric et du brigadier Alexis Perrier. Puis je me suis souvenue : si l'armée, avide de symboles, était capable de saluer un cercueil vide ou de se recueillir sur la tombe d'un soldat inconnu, elle ne pouvait pas mentir à la veuve d'un de ses soldats.

Après un laps de temps qui m'a semblé s'étirer pendant des heures, les soldats du Treize ont entonné le chant du régiment. Même la ministre a eu l'air surprise par ce halo de voix graves qui montaient jusqu'au ciel.

Ces charges que l'on empoigne
Deviennent nos compagnes
Quand nous partons la nuit vers l'inconnu
Disparaître dans les bois
La mission faisant foi
Dans la pluie, le vent, nous restons à l'affût
C'est ça notre destin
C'est de vivre en clandestins
Silence, discrétion, c'est notre but.

Je connaissais ce chant par cœur à force de l'entendre dans la bouche de Cédric. Fredonné à la maison, sans y penser, comme on se souvient d'un air entendu à la radio.

Un buffet avait été dressé dans une des salles de réception de l'hôtel des Invalides. Après avoir parlé aux militaires, serré la main de la ministre et celle du général Fauvert, je me suis assise seule un moment. Carine discutait maintenant avec Fauvert. Pour elle, la fierté de se retrouver aux Invalides semblait supplanter la tragédie. Le chef d'état-major de l'armée de terre lui a donné sa carte de visite.

Une heure plus tard, il ne restait plus que les veuves et moi ainsi que quelques soldats rassemblés autour de la table. Les officiels étaient partis, la lumière avait terni. Jeanne s'est approchée. « Je ne savais pas que Franck était un héros. Tout ce qu'ils ont dit tout à l'heure sur lui, ses états de service, ses médailles et ses décorations, il ne m'avait jamais rien dit ! » Elle était perplexe. La fierté rétrospective le disputait au doute. Elle n'avait pas oublié que le corps vu à la morgue des Batignolles n'était certainement pas celui de son mari. À qui donc avait-on rendu les honneurs tout à l'heure, dans la cour aux pavés brûlants ? Tout s'embrouillait, le déni du drame et la certitude de sa réalité. Le soupçon qui veut croire et l'énigme de la fatalité. Femme de héros, donc héroïne, c'était la fiction que venait de lui vendre l'armée. Une fiction plus vraie que nature, qui ne l'empêcherait pourtant pas d'être inconsolable. Flottaient au-dessus de sa tête les mots de Manon à propos de son compagnon : « J'avais parfois l'impression qu'il rêvait d'en finir. » D'une certaine manière, dans les recoins les plus obscurs de leur âme, nos hommes, à vouloir l'adrénaline, l'aventure clandestine, le combat, ne cherchaient-ils pas tous à défier la mort ? Et nous, épouses éternelles, n'étions-nous pas des monstres de l'accepter ?

Mon téléphone a vibré de nouveau. Je me suis isolée pour écouter le message. C'était Sophie Barneville. Celle-ci n'avait pas perdu de temps, ai-je pensé en éprouvant une violente bouffée de colère. Sa voix polie, de circonstance, masquait mal son impatience de journaliste. Elle souhaitait me poser quelques questions.

Myriam et Manon avaient passé la fin d'après-midi avec le gouverneur militaire et le général Fauvert. Biaggi n'était pas loin pour faire tampon. Les parents de Thomas, les beaux-parents de Manon, étaient remplis de haine. Je n'avais pas voulu me mêler à ce petit groupe auquel les officiers supérieurs opposaient un silence buté ou des phrases circonstancielles, dont me parvenaient des volutes comme la fumée des cigarettes que Fabien et Jean-François avaient allumées sur le balcon. Toujours pas d'informations sur l'embuscade, l'attaque frontale ou le guet-apens, comme le général Fauvert hésitait à qualifier l'événement à chaque nouvelle offensive de Myriam ou des beaux-parents de Manon. Le plus agressif était le père de Thomas. La mère, elle, se taisait. La perte de son fils deviendrait le combat de ses dernières années. Les poignées de main de généraux, les lustres vacillant de lumière, les ors de la République et la certitude d'obtenir une contrepartie financière à leur malheur, tout l'emballage verni du plan hommage national créé par le ministère ne suffirait pas. Cette armée taiseuse, Cédric l'avait aimée. Il l'aimait peut-être encore. Une nouvelle fois, comme un refrain lancinant, une comptine que j'avais oubliée, les six mots de la survie ont infiltré mon esprit : *Pas de corps, pas de mort*, disait la voix.

J'avais passé l'aspirateur, vidé le lave-vaisselle, frotté l'émail de la baignoire jusqu'à ce qu'elle étincelle de blancheur et demandé aux enfants de préparer leurs cartables. J'avais retourné la maison comme si cela allait me permettre d'atomiser le chagrin. J'ai fini par m'installer dans le salon avec l'album de photos que mes beaux-parents m'avaient laissé mais je ne me suis pas résolue à l'ouvrir.

Ma mère était à l'étage. Elle était restée avec les garçons toute la journée. Ils étaient ravis qu'elle s'occupe d'eux et ne semblaient pas se formaliser de son nouveau rythme de visite. Je les entendais jouer, parler, crier. Je les entendais vivre et je savais que c'était grâce à cela que je ne devenais pas folle.

J'ai allumé la télévision. Après une courte page d'informations nationales, des images de chaos se sont affichées à l'écran. C'était la Syrie : villes bombardées, terrains minés, ciel plombé. Soudain, la voix de la présentatrice s'est faite cristalline :

« Nous évoquions la semaine dernière la tragédie qui a frappé l'armée de terre française. Six soldats sont morts à quelques kilomètres à l'ouest de la ville de Raqqa qui était sous contrôle de l'État islamique jusqu'en juillet dernier. Les soldats kurdes basés dans la région, épaulés par une *task force*[1] française, ont repris la zone où a eu lieu l'attaque du 29 août dernier. Je vous rappelle que six soldats du 13e régiment de dragons parachutistes, une unité d'élite agissant sous le contrôle du Commandement des opérations spéciales, y ont trouvé la mort… »

Quelque chose a frémi dans le salon. Depuis le départ de Cédric, la maison bruissait de manière inhabituelle, comme si murs et objets avaient retenu son absence. L'écran diffusait les images de la cérémonie de la veille. Mais je n'écoutais plus. Six morts. La présentatrice avait dit « six morts ». Je ne comprenais plus rien. S'agissait-il d'une erreur de la journaliste ? Le beau visage de Cédric est soudain apparu à la télévision. Derrière moi, le son est devenu tangible. Je me suis levée d'un bond. Alexandre se tenait dans l'embrasure de la porte du salon.

— Maman, pourquoi papa est dans la télévision ?

Mon cœur s'est arrêté.

— Parce que c'est un héros, c'est le plus courageux des papas !

C'était sorti sans réfléchir. Alexandre m'observait d'un air soupçonneux.

1. *Task force* ou force opérationnelle : organisation temporaire créée pour exécuter une tâche ou une activité donnée.

— Mais ça veut dire quoi *perdre la vie* ?

— C'est une expression, ce n'est pas réel, ils disent n'importe quoi à la télévision, tu te souviens ? Embrasse-moi et remonte là-haut avec tes frères !

Alexandre s'est blotti contre moi. Il sentait le doux, le chaud, la confiance.

— Tu ne dis rien à tes frères ni à bonne-maman, d'accord ?

Mon ventre s'est tordu quand il a chuchoté :

— Ne t'inquiète pas, maman.

Une fois seule, je suis allée à la cuisine. Je me suis servi un verre d'eau, j'ai avalé deux Doliprane. J'ai repensé aux cercueils recouverts du drapeau français. Jeff, Franck, Thomas, Thierry. Quatre hommes pour quatre boîtes en bois vernis. La journaliste ne savait-elle pas compter ? Et mes petits bébés à qui je ne faisais que mentir ! J'avais honte. J'aurais pu fracasser ce foutu écran sur lequel le cortège funèbre défilait maintenant en continu. J'avais le vertige. Ces images ne me concernaient pas. J'avais peine à croire qu'il y avait moins de vingt-quatre heures, j'avais fait partie de cette foule bariolée et kaki tassée sur le pont Alexandre-III que la télévision exhibait sans commentaires.

Chaque soldat songeait à la même chose en observant les cercueils. Il y a quelques années, Cédric était revenu profondément marqué d'une mission pendant laquelle un de ses coéquipiers avait trouvé la mort. Il m'avait raconté les circonstances du drame, les yeux rouges, les mains tremblantes reconstituant un assaut qui s'était soldé par cette perte. « Clémence, je ne suis pas un surhomme, mais tu sais, même si je vais y penser encore longtemps, une chose ne changera jamais. » Il s'était soudain interrompu, comme pour donner plus de poids à ce qui allait suivre ou plutôt, je l'ai compris plus tard, parce qu'il en avait honte. Il avait repris, plus fort, plus ferme : « Plutôt lui que moi. » J'avais tenté de le rassurer, d'atténuer cet aveu qui, je le sentais, empêchait Cédric non pas d'oublier, mais de faire son deuil. Sa révélation m'avait apaisée. Cette fragilité lui redonnait un visage humain.

Le convoi funèbre avait quitté l'hôtel des Invalides le lendemain de la cérémonie. Quartier Sauvagnac, le même piquet d'honneur qu'aux Invalides veillait sur les cercueils. Comité beaucoup plus restreint, le plus gradé était le général commandant les opérations spéciales. Il se tenait à côté du colonel Biaggi. Seule la discrète présence de la ministre des Armées rappelait le caractère officiel de la cérémonie. Je pensais avoir eu ma dose de solennité, pourtant l'émotion m'a à nouveau cueillie. C'était à la fois plus intime et plus fort qu'à Paris. Le régiment, moins les permissionnaires et les équipes déployées sur des théâtres d'opérations – soit environ six cents hommes –, était présent. Au même moment, où qu'ils soient, a déclaré le chef de corps qui se tenait au milieu de la place d'armes sous le drapeau de la France en berne, tous observaient une minute de silence. Pas la moindre brise n'avait rafraîchi ces dernières journées de canicule. Quand les soldats ont entonné la prière du para, j'ai été happée. Le régiment était suspendu. Et tous ses hommes pleuraient. Le chant s'est déployé dans l'atmosphère, d'abord fragile comme une tentative de narguer les dieux, que l'on sait vouée à l'échec. Dès la deuxième phrase, les soldats se sont repris et leurs voix graves sont montées vers le ciel comme un seul cœur immortel.

Mon Dieu, mon Dieu, donne-moi la tourmente,
Donne-moi la souffrance,
Donne-moi l'ardeur au combat
Mon Dieu, mon Dieu, donne-moi la tourmente,
Donne-moi la souffrance,
Et puis la gloire au combat !

J'avais toujours trouvé sublime et absurde ce désir de martyre. Puis il s'était imprimé en moi. Cette supplique rauque ne pouvait laisser personne indifférent. Je m'étais surprise à le fredonner, ce chant, à goûter son anachronisme héroïque. Dans quel monde vivais-je, moi, la femme d'un soldat animé par des valeurs archaïques, chevalier d'un ordre féodal ancien ? Quelque part un soldat a amorcé un air de cornemuse. Le rythme lancinant, aux accents nasillards, sentait déjà la nostalgie. Les yeux rouges, le colonel Biaggi a mis une dernière fois ses hommes au garde-à-vous.

Après la cérémonie, les corps sont repartis pour leur dernier voyage. Du côté de Boulogne-sur-Mer pour Thierry, le mari de Myriam ; dans les terres sablonneuses des Landes pour Thomas, le compagnon de Manon.

Le mari de Carine est retourné à Verdun, Jeanne a pris la route pour Paris avec le petit Théo à l'arrière, dans son siège bébé. C'est là-bas que Franck serait incinéré, conformément à ce qu'il souhaitait.

Septembre était arrivé et avec lui, la rentrée des classes. J'avais calmé les angoisses d'Alexandre sur la composition de sa classe et devant le visage préoccupé de Lucas, j'avais enfoui dans son cartable sa peluche préférée, un petit ours aux oreilles râpées qui avait passé de nombreux séjours dans la machine à laver. Ces peurs enfantines, ces maux de ventre, ces regards figés par l'anxiété, je pouvais encore les contrôler. Je pouvais caresser, rassurer, étreindre, embrasser. Mon amour pouvait leur donner de la force. Leurs peines légères m'aidaient à rester droite. M'occuper, c'est ce que je savais faire de mieux depuis quinze jours. Mais qu'adviendrait-il s'il fallait que j'évoque un jour la disparition de Cédric ?

Quand je suis venue chercher Lucas à seize heures, la maîtresse m'a prise à part.

— Tout s'est bien passé, mais Lucas a eu un petit accident.

Devant mon regard interrogateur, elle a précisé :

— C'est arrivé à la cantine, il a fait pipi dans son pantalon. Rien de grave, ne vous inquiétez pas, mais si je me permets de vous prévenir, c'est que c'est de nouveau arrivé cet après-midi.

L'angoisse m'a saisie à la gorge. Impossible de parler. Elle a repris la parole d'une voix plus douce, presque infantile qui m'a donné envie de pleurer. Pourtant, je n'ai pas flanché.

— Lucas a l'air préoccupé. Est-ce que les vacances se sont bien passées ? Votre mari est en mission actuellement ?

Mes jambes m'ont soudain lâchée. Mon petit, mon tout-petit aux sourcils impérieux et aux cheveux comme un champ de bataille. La maîtresse a jeté un coup d'œil à Lucas qui patientait sur un banc dans le couloir.

— Tout va bien, madame Delmas ?

J'étais perdue dans mes pensées. Lucas. Trois ans après la naissance d'Alexandre, une arrivée en fanfare à la maternité de Sarrebourg, à une trentaine de kilomètres de l'ancienne garnison du Treize. Après une nuit mouvementée, la sage-femme avait posé sur mon ventre ce petit morceau de vie hurlant qui possédait déjà les traits de Cédric. La fatigue, le sang perdu et les heures d'angoisse avaient été balayés en quelques secondes. J'ai accusé le coup :

— Pardonnez-moi, tout va bien. Je suis un peu fatiguée en ce moment, vous savez ce que c'est, la rentrée. Merci de m'avoir prévenue.

Une main invisible me serrait la poitrine, faisait de la charpie avec mes tripes. Impossible d'ajouter quoi que ce soit. Avec un sourire maternel sur les lèvres, la maîtresse m'a rassurée :

— Ne vous inquiétez pas, c'est probablement une légère anxiété, tout ira mieux demain !

Même si ce n'étaient que des mots, je la remerciais de les avoir prononcés.

Après avoir récupéré Alexandre et Arthur, je suis rentrée avec eux à la maison. Pendant qu'Alexandre faisait déjà ses devoirs et qu'Arthur déménageait les jouets de sa chambre, j'ai pris Lucas à part. Cela faisait au moins trois ans que cela ne lui était pas arrivé de faire pipi au lit. Avait-il deviné ou entendu quelque chose ?

— Mon amour, la maîtresse m'a raconté ce qu'il s'est passé. Tu sais que je suis là, tu veux me dire quelque chose ?

— Papa me manque, j'ai hâte qu'il rentre, ça fait trop longtemps.

Sa réponse m'a bouleversée.

Après le goûter, j'ai laissé les enfants sous la surveillance d'Alexandre. Nous n'avions plus de pain pour le dîner et j'avais besoin de prendre l'air. J'étais en train de me garer sur le parking de la boulangerie quand j'ai aperçu Fabien. Au volant de sa voiture, fenêtres descendues, il fumait une cigarette et semblait attendre quelqu'un. Alors que je me dirigeais vers lui pour le saluer, j'ai croisé Jean-François qui sortait du bar-tabac. Ce dernier s'est avancé vers moi et m'a prise dans ses bras.

— Tu as le temps pour un café ? m'a-t-il demandé en faisant signe à Fabien de nous rejoindre.

J'ai acquiescé. Le souvenir du visage chiffonné de Lucas me hantait. « Ne t'inquiète pas, il sera de nouveau bientôt avec nous », avais-je une nouvelle fois menti. Tout pour remettre de la couleur sur ses joues pâles. Je l'avais serré contre moi. Oui, papa était parti depuis trop longtemps. J'ai observé les deux hommes. Teint cadavérique sous le bronzage levantin, ils auraient eu besoin de partir loin de cette ville de garnison où l'on croisait des uniformes à chaque coin de rue. Jean-François a pris le temps d'allumer une cigarette avant de parler :

— C'est rien à côté de toi, Clémence, mais ça nous a fait bizarre quand Biaggi nous a dit qu'il y avait eu une erreur sur le corps. On a tout de suite pensé à toi.

— Et on a pensé à Cédric, a enchaîné Fabien. On s'est dit qu'il avait peut-être réussi à s'enfuir ou à se cacher quelque part. Après tout, c'est notre métier de base, s'enterrer, observer, devenir invisible.

Jean-François fumait comme si le brouillard de ses cigarettes avait le pouvoir de meubler les silences. Fabien, lui, avait déjà avalé la dernière gorgée de sa bière. Il semblait préoccupé. Quelque chose n'allait pas. Ce qu'il m'avait dit la semaine précédente me hantait. Cédric avait appelé en renfort un hélicoptère qui n'était jamais venu. Côté état-major, personne n'avait bien sûr évoqué ce « détail ». Fabien est allé payer sans rien ajouter. Lorsqu'il est revenu, les deux hommes m'ont dit au revoir. Ils ont fait quelques pas sur le trottoir puis ont disparu derrière la porte automatique de la supérette, clopin-clopant pour Jean-François tandis que Fabien rasait les murs, tête baissée, les mains dans les poches et les bras collés au torse comme s'il voulait se faire le plus petit possible.

Le soir même, alors que je regardais les informations à la télévision, mon téléphone portable a sonné. C'était Jeanne, qui venait d'apprendre la même nouvelle que celle que j'entendais tout juste sur BFMTV, annonçant que la zone où avait eu lieu l'attaque avait été reprise à l'État islamique par l'armée française et les membres de la coalition. Jeanne semblait exaltée. Une excitation fiévreuse, similaire à celle qui venait de me traverser, donnait à ses phrases un débit saccadé. J'étais encore sous le coup de ce que la présentatrice venait de dévoiler. Si la zone était désormais sûre, les chances que Cédric soit vivant n'étaient-elles pas augmentées ?

Quand nos maris étaient en mission, elle comme moi passions nos soirées à regarder le journal télévisé. C'était pour nous une manière d'être avec nos hommes. De les accompagner par la pensée dans ces zones de conflits où ils avaient été mobilisés. La vision des paysages hostiles, les noms de villes et de régions inconnues nous donnaient l'impression de maîtriser une partie de ce qui pouvait arriver. C'était infime, factice même, mais cela nous rassurait.

— Comment vas-tu ? ai-je demandé à Jeanne.

C'était une question rhétorique. Comment pouvait-elle se sentir trois jours à peine après avoir incinéré son mari ? Elle ne m'a pas répondu. Je pouvais sentir son agitation, son souffle court dans le combiné. Les cent pas dans son salon, Théo dans sa chambre et elle, seule, au téléphone, en train de trier les affaires de Franck ou de vider le lave-vaisselle.

— Clémence, je veux qu'on parte là-bas, toi, moi, les autres femmes. C'est la première chose à laquelle j'ai pensé quand ils ont dit que la zone était désormais sous contrôle !

Son débit s'est accéléré avant que je ne dise quoi que ce soit. La jeune femme au corps fragile avait disparu. Soudain, j'ai pris peur. Pensait-elle toujours que l'armée lui dissimulait quelque chose sur Franck ? La femme que j'avais au bout du fil était-elle devenue folle de chagrin ? Il n'en était rien.

— Ce voyage, nous leur devons ! Ce sera comme un pèlerinage pour dire adieu, autre chose que la sonnerie aux morts et les visages sinistres des politiques.

Partir en Syrie. Aux Batignolles, dès le moment où j'avais repris connaissance, l'idée m'était venue à l'esprit même si le projet semblait irréalisable. Depuis quelques jours, ma poitrine avait encore plus gonflé, mon ventre m'élançait. Je ressentais parfois une irrépressible envie de dormir. Dans quelques semaines débuteraient les insomnies, les premières douleurs dans le bas des reins, les coups de pied et cette sensation de tendre roulis sous la surface de mon ventre. Rien de tout cela ne semblait compatible avec un quelconque départ. Pourtant, une autre partie de mon corps, tendue, aiguisée comme une plaie à vif, ne souhaitait qu'une seule chose : y aller.

Le bureau de l'assistante sociale était situé dans un bâtiment en bordure du régiment. Il avait été construit sur le même modèle que les autres, mais sa localisation donnait l'impression d'une mise en quarantaine signifiant aux soldats du Treize, comme à Séverine, que la faiblesse n'appartenait qu'aux faibles et que ceux-ci n'avaient rien à faire dans le cœur vibrant de l'unité. C'est Séverine qui avait eu l'idée de demander au chef de corps de venir dans ses quartiers. « Entre la salle d'honneur chargée de souvenirs et son vaste bureau où, à peine entré, il faut saluer l'étendard du régiment, il est dans son univers, il puise ses forces dans ces objets symboliques du passé. À force, cela le déshumanise. Si tu veux avoir des chances de le convaincre, tu dois le sortir de son cadre ! »

Quand le colonel a pénétré dans la pièce aux murs jaunis et au sol recouvert de linoléum, et qu'il nous a vues toutes les deux, le bureau a rétréci d'un coup.

— Clémence, Séverine. Que puis-je faire pour vous ?

Quand je lui ai expliqué ma requête, Biaggi m'a regardée comme si j'étais folle. L'idée de partir en Syrie lui paraissait absurde.

— Vous croyez vraiment qu'on va vous envoyer là-bas ?

Je n'ai rien répondu. Je pensais au bébé dans mon ventre.

— Vous savez, madame Delmas, c'est la guerre, pas une destination touristique ! Notre force, c'est la discrétion, la clandestinité ! Vous croyez vraiment qu'on va compromettre ces atouts pour que vous puissiez *faire un pèlerinage* ?

Il nous a balayées d'un regard perplexe, se demandant sûrement de quel cerveau dérangé avait bien pu jaillir ce projet insensé. Son regard s'est attardé sur l'assistante sociale qui l'a soutenu sans rien dire. Les quatre autres veuves sont arrivées dans cette ambiance tendue et se sont installées en silence. Biaggi n'a pas cherché à masquer sa surprise lorsque j'ai repris la parole :

— Colonel, je vous respecte infiniment, et je sais que Cédric vous apprécie énormément.

Sans réfléchir, j'avais utilisé le présent. Cela ne lui a pas échappé. Il m'a jeté un regard interrogateur. J'ai poursuivi :

— Arrêtez de vous adresser à nous comme si nous étions des enfants et de nous observer comme vous passez en revue vos soldats. Nous ne sommes ni l'un ni l'autre !

J'ai haussé le ton. Tous les regards étaient maintenant braqués sur moi. J'ai continué, animée d'une nouvelle force :

— Appelez cela autrement si le mot *pèlerinage* ne vous convient pas, mais ne nous laissez pas tomber. Engagez toutes les procédures de sécurité pour que ce voyage se passe sans incidents. Faites-en sorte que nous partions !

Biaggi a blêmi. Plusieurs émotions ont dévalé sur son visage. D'abord la colère – que quelqu'un ose lui parler de cette manière, une femme, une civile –, puis l'accablement. Je n'avais pas envie de me mettre à sa place, même si je devinais l'immense sentiment d'échec qu'il devait ressentir depuis deux semaines. Pour lui aussi, c'était la débâcle. C'est d'une voix basse qu'il m'a répondu :

— Madame Delmas, je vais faire tout mon possible mais ne vous attendez pas à des miracles.

J'avais obtenu un rendez-vous avec le gouverneur militaire. Un véhicule est venu me chercher à l'aube, dès le lendemain. Nous avons passé les grilles de l'hôtel des Invalides en début d'après-midi. Le chauffeur de l'armée m'a accompagnée jusqu'à l'aile du bâtiment qu'occupait le général Drieut puis m'a laissée entre les mains d'un jeune lieutenant. Celui-ci m'a fait pénétrer dans un bureau désert, puis m'a offert un café avant de disparaître.

Une fois seule, j'ai repensé à la soirée de la veille. Quand les autres femmes avaient franchi la porte du bureau de Séverine, j'aurais juré avoir vu de la peur dans les yeux du colonel Biaggi. Toutes, depuis la dernière fois que je les avais vues, avaient changé d'apparence. Jeanne était plus frêle que jamais, translucide telle une figurine de porcelaine, mais tranchante comme un couteau. Sa maigreur accentuait la pente de son nez, le dessin de ses lèvres et l'obscurité de son regard. Elle flottait dans sa robe de lin noire qui lui donnait l'allure d'une sorcière. Carine portait un tailleur de grande bourgeoise des années quatre-vingt-dix. Une coupe rigide et démodée. Rien ne dépassait, elle semblait avoir endossé le rôle de veuve de guerre comme un costume sur mesure. Manon ressemblait à une écolière avec sa jupette blanche et son polo de la même couleur. Cheveux gras, émaciée tout comme Jeanne, elle aussi avait fondu. Enfin, Myriam : trois semaines de larmes et d'alcool avaient achevé de transformer son corps replet en réplique parfaite d'un Botero désespéré. Ce n'était pas tout. Elle était venue m'interroger : « Clémence, Cédric t'a-t-il dit quoi que ce soit sur Thierry avant de partir en mission ? » J'avais répondu par la négative, puis soudain cela m'était revenu : « Tout ce que je peux te dire, c'est qu'il n'était pas supposé partir, mais je ne t'apprends rien, j'imagine. » Elle avait blêmi. Elle n'était pas au courant.

« Le chef de corps m'a appris que Thierry était malade, quelque chose au cerveau. C'est censé me consoler. D'après lui, cela faisait des mois qu'il était atteint, mais il ne voulait rien dire. » Elle était essoufflée. « J'avais remarqué qu'il avait des phases dépressives, des comportements bizarres parfois, mais je ne me suis pas inquiétée plus que ça. » Elle avait rectifié en pleurant : « Pour notre couple, oui, mais pas pour sa santé… Le colonel m'a dit qu'il était atteint de démence frontale. » Démence frontale. Je n'avais jamais rien entendu de tel.

« Je me suis renseignée sur Internet, ceux qui ont ce truc commencent par avoir des comportements inhabituels, ou des troubles du langage. Je comprends mieux maintenant ses coups de gueule incompréhensibles ! À la fin, ils peuvent rester prostrés pendant des heures, assis sur leur lit, ne pas s'habiller, perdre leur autonomie. Ne plus marcher. Ils ont une espérance de vie limitée. » Je pensais qu'elle avait fini de parler quand elle avait conclu : « Enfin, c'est ce que Biaggi m'a raconté. Pourquoi je devrais le croire ? Et ce n'est pas tout, si l'armée ne donne pas plus d'explications quant aux circonstances de l'attaque, c'est que quelque chose de louche s'est passé. »

J'ai entendu des pas. La démarche souple et rapide d'un homme pressé. Quelques instants plus tard, la silhouette sèche du général Drieut apparaissait dans l'embrasure de la porte. Il n'a pas pris la peine de se rapprocher de moi pour me saluer, au lieu de cela, il m'a adressé un rapide signe de tête puis m'a demandé de le suivre. Son bureau était situé à l'étage du dessus. Sa voix, gutturale dans l'escalier en pierre, a été absorbée par les lambris de la pièce confortable dans laquelle nous sommes entrés une minute plus tard. Le général m'a indiqué un large fauteuil en face de son bureau. Lui-même s'est installé derrière le meuble en bois monumental, les coudes sur le sous-main en cuir, les mains jointes devant la bouche.

— Général, si j'ai tenu à vous rencontrer en personne, c'est pour solliciter votre aide…

Je n'ai pas eu le temps d'achever ma phrase.

— Madame Delmas, croyez-moi, je sais très bien pourquoi je vous ai envoyé un chauffeur pour vous conduire jusqu'à moi. J'ai beau vous plaindre de toutes mes forces, je ne peux accéder à votre requête. Si encore j'étais décisionnaire… – il a balayé l'éventualité d'un coup d'œil sceptique sur son écran d'ordinateur – mais ce n'est bien entendu pas le cas. C'est du ressort du COS et du CEMAT[1]. Il va falloir vous armer de patience.

Il a soudain changé de ton, et mon corps tout entier s'est raidi.

— Je n'aurai qu'un seul conseil à vous donner, c'est de vous préparer. Le corps de votre mari n'a pas été rapatrié, mais il ne s'agit que d'une question de temps. L'armée n'a fait face que très rarement à une telle situation. J'en suis le premier désolé, mais dans quatre-vingt-dix pour cent des cas la dépouille du ou des soldats manquants est découverte plusieurs jours ou plusieurs semaines plus tard, dans une fosse commune ou enterrée sous un palmier ! Ce sont les lois de la guerre, inévitables et cruelles.

Une minute de silence a plané entre nous. J'étais aussi essoufflée que si j'avais couru un sprint. Les informations que j'avais glanées sur Internet avant de venir me sont revenues à l'esprit. Drieut était un ancien colonel de légion, projeté à plusieurs reprises sur des théâtres d'opérations sensibles, pertes d'hommes, caractère en acier trempé. J'ai ajouté pour moi-même trois mots à cette liste : cœur de pierre. Je venais de prendre un uppercut. Son discours

1. Chef d'état-major de l'armée de terre.

m'avait coincée quand il avait évoqué les lois de la guerre. Comme s'il s'agissait d'un concept théorique. Il en était le premier *désolé*. Dans sa bouche, cette expression avait une connotation hérétique. Alors que je m'apprêtais à quitter le bureau du général, cette phrase de Myriam s'est imposée à moi. « Si l'armée ne nous dit rien, c'est qu'elle a quelque chose à cacher. » J'ai pivoté.

— Général, ai-je dit en me rasseyant, vous avez sans doute raison, mais n'oubliez pas que les veuves ont accès aux médias, certaines pourraient être contactées par des journalistes. Je l'ai moi-même été par Sophie Barneville. La journaliste blonde qui était avec son cameraman, un petit brun aux cheveux mi-longs, sur le pont Alexandre-III, cela vous dit quelque chose ? Elle m'a laissé plusieurs messages. Pour l'instant, je ne l'ai pas rappelée…

Les mots sortaient tout seuls, automatiques, telles des balles qui allaient faire mouche. Je sentais le général se pétrifier. Ses yeux scrutaient les mains que j'avais posées sur mes genoux. Il brûlait de m'écraser jusqu'à ce que je me taise. Je m'en fichais.

— Vous avez regardé les informations comme moi, je suppose.

Il n'a pas répondu immédiatement. J'ai continué, implacable :

— J'ai appris qu'au moment de l'attaque, mon mari a essayé d'appeler des secours.

Je me souvenais des propos de Fabien.

— Un hélicoptère devait les couvrir en cas de problème, n'est-ce pas ? Pourquoi n'est-il jamais arrivé jusqu'à eux ?

Le visage du général Drieut s'était complètement fermé.

— Chère madame Delmas, je ne sais pas quoi vous dire sinon que je suis désolé. Pour vous, pour Cédric, pour les autres veuves.

Il s'est levé comme pour me donner congé. La vision de son teint subitement blafard ne me laissait pas d'autre choix. Quand il a repris la parole, son ton – il y a peu catégorique –, ses mots martelés avaient laissé place à une immense lassitude :

— Je n'ai rien à ajouter pour le moment. De toute façon, tout sera dans la presse et aux informations demain. Au revoir, madame Delmas.

L'enregistrement durait moins d'une minute. Des tirs, une explosion puis une voix qui trouait le vacarme. « Groupe au sol Delta 1 demande support aérien immédiat. Je répète : groupe au sol Delta 1 demande support aérien immédiat. Latitude 35° 57′ 00″, longitude 39° 01′ 00″ est. » Il y avait aussi des chuintements mats, comme le frottement d'une toile de treillis, puis un cri répété plusieurs fois, « *Allah akbar*... », suivi d'un coup de feu proche. Cela se terminait par une autre explosion, puis le silence.

J'ai pâli. C'était la voix de Cédric. J'ai augmenté le volume de la radio posée sur la table. Les enfants étaient en train de se laver les dents à l'étage. J'avais l'impression d'avoir reçu un énorme coup de poing dans le ventre.

La voix de Cédric. Dans le poste radio.

« C'est le dernier appel radio d'un des soldats du 13e régiment de dragons parachutistes, juste avant que lui et son équipe ne soient attaqués par les djihadistes de l'État islamique, le 29 août dernier. Il s'agit de l'enregistrement qui a été mis en ligne par l'EI[1] la nuit dernière et qui tourne dans la "djihadosphère" ainsi que sur tous les réseaux sociaux. Notre rédaction, par égard pour les familles des soldats tombés, a préféré ne diffuser qu'un court extrait de cette "capture" sonore qui nous donne plus d'informations sur le déroulé de l'attaque du 29 août que nous avons déjà évoquée à l'antenne. Un support aérien aurait donc été demandé. Appel d'urgence qui n'a pas été entendu, pour des raisons qui demeurent pour l'instant inconnues. Une question brûle les lèvres : comment un enregistrement radio militaire peut-il se retrouver sur les réseaux sociaux quelques jours à peine après le drame ? Pour nous répondre, notre envoyée spéciale Sophie Barneville est en direct de Kobané, au Kurdistan syrien. »

Les enfants étaient en train de descendre, j'ai baissé le volume. La reporter expliquait que l'enregistrement avait été mis en ligne et que des photos d'uniformes volés sur les dépouilles des soldats français circulaient sur Internet depuis hier soir.

« L'enregistrement sonore est accompagné sur certains sites d'un appel aux soldats français d'origine musulmane à faire leur *hijra*[2], c'est-à-dire à quitter cette armée qui les abandonne en plein combat et à rejoindre le pays du Cham[3] pour retrouver la vraie foi et combattre les infidèles. »

1. État islamique.

2. Pour les musulmans, pratique qui consiste à émigrer dans une terre d'Islam, afin de pratiquer un islam pur.

3. Nom antique de la Syrie.

*

Quand le téléphone a sonné, je venais de déposer les enfants à l'école. C'était Myriam. « Clémence, tu as lu les journaux ? Je vais leur faire un procès ! Ils ont tué Thierry », vociférait-elle dans mon oreille. Myriam entrecoupait ses sanglots de glapissements de bête. Elle hoquetait comme Arthur dans ses cauchemars. « Je savais bien qu'ils nous cachaient quelque chose ! Je te le dis, ils ne vont pas s'en sortir comme ça… » Myriam continuait à crier dans le téléphone. Je me suis garée sur le bas-côté puis après réflexion, j'ai rallumé le moteur pour faire demi-tour. Pour une fois, mon patron attendrait. Arrivée à la maison de la presse, j'ai acheté les quotidiens locaux et nationaux. Tous reprenaient en chœur le terme de *bavure*.

J'ai tout de suite appelé Fabien. Trente minutes plus tard, nous étions assis dans le bistrot où nous nous étions vus la dernière fois. Une odeur de pastis et de marc de café flottait dans l'air chaud. Fabien a avalé une gorgée de sa tasse, puis, avant même que je prenne la parole, a répondu à ma question :

— L'information est tombée pendant la nuit. Depuis, tous les médias la reprennent. C'est cette journaliste, la blonde qui était aux Invalides, Sophie Barneville. Elle tient l'info des Kurdes.

D'après la reporter, l'adjoint au chef de l'équipe de forces spéciales qui avait été prise sous le feu aurait appelé un hélicoptère en renfort avec son téléphone satellite. Cela,

Fabien le savait. Le récit coïncidait avec ce qu'il avait vécu et ce qu'il m'avait raconté. Ce que la presse ne savait pas, c'est que l'équipier chargé des communications, c'était Cédric.

— Je te l'ai dit la première fois, il a utilisé le téléphone satellite pour appeler des secours. Comme personne ne répondait, il s'est dit qu'il n'y avait pas de couverture. Il a passé un appel avec la radio haute fréquence, c'est sans doute comme ça que ces connards ont récupéré l'enregistrement. Mais là, pareil, personne au bout du fil. Ce n'est qu'au bout du troisième essai qu'il a réussi à avoir quelqu'un du camp de base. La dernière image que j'ai de Cédric, c'est son visage. Il était fou de rage, a-t-il achevé dans un souffle.

J'ai survolé à nouveau l'un des articles qui développait l'information. Il y avait l'enregistrement sonore avec la voix de Cédric, mais il y avait autre chose. Hélicoptère. Député. Commission militaire. Assemblée nationale. Élections présidentielles. Visite officielle. Ces mots, individuellement innocents, formaient des phrases d'une violence inouïe une fois assemblés. C'était irréel et grotesque. Les lignes se chevauchaient sur le papier froissé. Alain Lachaille. Ce nom revenait régulièrement. Un patronyme que je haïssais déjà. Alain Lachaille. Je n'avais jamais entendu parler de lui. J'ai mis du temps à ralentir le rythme de ma respiration. Quelqu'un cognait dans mon crâne. Un début de migraine. Il fallait relire. Jusqu'à connaître les termes par cœur. Faire le tri. Ordonner les informations.

Un paragraphe résumait ce qu'il s'était passé en Syrie le soir de l'attaque. En visite officielle dans la région, Alain

Lachaille, député de l'Eure et président d'une commission militaire à l'Assemblée nationale, avait réquisitionné l'hélicoptère de la base afin de survoler les camps de la coalition et les zones qui avaient déjà été reprises à l'État islamique. L'après-midi précédant le drame avait été consacré à une conférence de presse rapide et à une visite de la base qu'occupaient les hommes du Treize ainsi que des soldats kurdes et américains. Alain Lachaille était reparti le lendemain pour la France. D'après l'encadré qui revenait sur sa carrière, le député briguait un ministère pour les prochaines élections présidentielles qui auraient lieu dans moins d'un an. Il avait débuté en politique au moment où la communauté internationale commençait à s'intéresser au cas syrien. Trois ans plus tard, l'Hexagone serait la cible des djihadistes, avec les attentats meurtriers du Bataclan à Paris puis ceux du 14 juillet à Nice. L'article rapportait d'anciens propos du député : « Il est fort dommageable que la France soit en paix, quoi que ce ne soit pas la paix qui me gêne le plus mais ses fruits corrompus : l'indolence des corps et le cynisme des âmes. » C'était son fonds de commerce. Avec la montée du djihadisme et de l'islam radical, un ennemi à combattre était enfin identifié, qui raviverait les chairs molles de l'Occident et mettrait un peu d'huile dans l'ossature rouillée de la jeunesse française. J'étais choquée. Tout cela, ce n'était qu'un discours infect dans lequel ce Lachaille s'était vautré pour justifier sa visite officielle au Levant.

Quand Fabien avait appris du lieutenant-colonel Leclerc, commandant la base, qu'un homme politique viendrait en visite officielle en Syrie, ni lui ni les autres soldats n'y avaient trouvé à redire. C'était le protocole.

— Tu sais, Clémence, ce genre de tour express, c'est habituel en Opex, la Défense fait sa com, on enfile le treillis neuf et le commandement joue les élèves modèles ! Le seul problème, c'est que ce type de manœuvre mobilise beaucoup d'hommes qui seraient plus utiles ailleurs.

Fabien se souvenait qu'au moment du dîner pris sous la tente du camp de base, lui, Jean-François et quelques autres soldats avaient plaisanté sur le patronyme peu ragoûtant de ce « Lachaille » qui fut rebaptisé « Lachatte » en début de soirée, avant de finir en « Lachiasse » plus tard dans la nuit. À ce souvenir, Fabien a esquissé un rictus qui tenait plus de la grimace écœurée que du sourire. J'ai pourtant vu revenir dans son regard, quelques secondes, le tranchant qui le caractérisait d'ordinaire. Il a repris :

— C'est le lieutenant-colonel Leclerc qui a signé la feuille de route de la visite. Le programme était chargé, fallait qu'il en ait pour son argent : levé cinq heures quinze, couché onze heures du soir. Et la fameuse sortie nocturne… Dans ces cas-là, la plupart des déplacements se font en hélico, c'est à la fois plus sûr et plus rapide.

J'étais abasourdie. Alors nos hommes avaient trouvé la mort parce qu'un député avait annexé le seul hélicoptère de la base pour s'offrir un frisson ? Je ne parvenais pas à croire Fabien, ni les lettres imprimées noir sur blanc.

Quand je suis entrée dans la chambre de Lucas et d'Arthur, l'odeur âcre s'est faufilée dans mes narines. Je me suis approchée du lit de Lucas. Sous la couette rabattue, l'auréole triple comme une peinture abstraite a confirmé mes soupçons. J'ai passé la main sur la souillure encore humide. Je me suis repassé le fil des derniers jours. Lucas m'avait-il vue ou entendue pleurer ? Je m'apprêtais à enlever le drap mouillé quand mon téléphone a sonné. « Clémence… » La voix de Myriam était liquide. « Clémence, j'ai appelé les autres femmes et les parents de Thomas. Il faut que tu viennes aussi. L'armée ou cet Alain Lachaille, je m'en fous, mais quelqu'un doit payer pour nos morts ! »

Vingt minutes plus tard, je me garais devant le pavillon de Myriam et Thierry. Il était situé dans un lotissement moderne à la sortie de Martignas. Malgré le soleil qui étincelait sur les toits de brique et le ciel uniformément azur, ces mètres carrés de béton et de verdure sous cloche dégageaient une atmosphère macabre. Les autres femmes étaient déjà arrivées ainsi que Marc et Catherine Beaumont, les parents de Thomas. Le couple se tenait assis sur un canapé en skaï noir, à l'opposé de la chaise où était installée Manon qui regardait ses genoux, l'œil absent. Jeanne était assise à sa droite et arborait le même air, comme si elle était ailleurs. Seule Carine se tenait debout et détaillait un grand pêle-mêle accroché au mur, sur lequel des photos de Myriam, de ses deux adolescents et de Thierry s'affichaient. Un homme au visage barré d'une moustache épaisse figurait également sur deux photos au grain plus ancien, que j'identifiais comme étant le premier mari de Myriam. Des remugles de litière semblaient avoir imprégné les murs de son salon. Pourtant, je n'avais vu aucun chat. Un bazar indescriptible régnait sur la table basse en face de laquelle trônait une gigantesque télévision qui devait tonitruer en continu l'actualité du jour. J'imaginais les soirées et les nuits de Myriam, avec cet écran en guise de compagnie, ses enfants à l'autre bout de la France et le souvenir de Thierry pour unique réconfort. Les affaires du major – tenues militaires, sacs à dos kaki et paires de rangers – s'amoncelaient dans un coin de la pièce, au pied d'une vitrine poussiéreuse remplie de médailles militaires.

Myriam est apparue avec un plateau qu'elle a posé sur la pile de magazines et de courriers non ouverts qui encombraient la table basse. Elle nous a proposé du café et s'est servi un verre de vin blanc.

— Je suppose que vous avez regardé les informations ?

Sa voix a résonné dans la pièce. C'était une invitation à la lutte. Nous avons acquiescé. Personne n'a pourtant osé évoquer ce pour quoi Myriam nous avait réunis. Nous étions sonnés. Seul Marc a eu le courage de prendre la parole. Comme la dernière fois que je l'avais vu à l'hôtel des Invalides et à la cérémonie du Treize, il portait un deuil terne : vêtements anthracite à la fois trop grands et trop vieux, faciès en lame de couteau, teint d'ardoise, cernes creusés sous des yeux donnant l'impression que toute sa vie avait été une vallée de larmes le préparant à l'épreuve ultime de la perte de son fils. Visage maigre écrasé par une chevelure étrangement épaisse, d'un glamour hors sujet, Catherine était le double de son mari.

— Catherine et moi avons décidé de porter plainte contre l'armée. Ce qui est arrivé en Syrie est impardonnable, – il s'est tu quelques secondes puis a repris : – Quelqu'un doit payer pour ce qu'il s'est passé.

Ce que Marc venait de dire a déclenché les hostilités. Myriam est passée entre nous avec une coupelle remplie de gâteaux secs, Carine s'est assise sur le canapé à côté du couple Beaumont. Puis Myriam s'est enfoncée dans un immense fauteuil aux coussins modelés par la trace de son corps. Elle a avalé une gorgée de vin puis a reposé son verre.

— Marc et Catherine ont raison, nous devons poursuivre l'armée en mémoire de nos hommes !

Jeanne et Manon gardaient le silence, prostrées.

— Ce n'est pas un procès qui nous rendra nos maris, vous le savez très bien, a rétorqué Carine d'un ton péremptoire.

Elle a haussé la voix quand Myriam a fait mine de lui couper la parole.

— Au contraire, cela ne fera que nous y faire penser encore et encore, alors que ce dont nous avons besoin, c'est de tourner la page !

Myriam s'était redressée dans son fauteuil, je pouvais sentir son haleine de soufre. Avant même qu'elle ne dise quoi que ce soit, Marc s'est écrié :

— Alors c'est tout, on tourne la page et tout va bien. C'est ça que tu suggères ?

Son ton ironique, d'une tristesse désespérée, ne m'a pas échappé. Tourner la page. Comment ? Marc s'est tourné vers moi.

— Clémence, tu es juriste, n'est-ce pas ? Il faut que tu nous aides !

L'armée, c'était comme la deuxième famille de Cédric. Il aurait fallu maintenant la poursuivre en justice ? Initier le traquenard administratif qu'était un procès, et ce peut-être pendant de longues années ? Cela me semblait au-dessus de mes forces, et surtout vain. Oui, j'étais juriste, comme Marc l'avait souligné. J'étais donc mieux que quiconque renseignée pour savoir qu'intenter un procès à l'armée nous ferait tomber dans un engrenage judiciaire dont je n'étais pas certaine que nous ressortions indemnes.

À peine étais-je de retour à la maison que la sonnette d'entrée a tinté dans le vestibule. Je me suis dirigée vers la fenêtre de la cuisine. Les deux jeunes soldats venus quelques jours plus tôt fouiller dans les affaires de Cédric se tenaient sur le perron. À leurs pieds était posée la cantine beige avec laquelle Cédric était parti.

— Elle vient d'être rapatriée de Syrie, m'a déclaré l'un des deux soldats.

ADJ Delmas était écrit en lettres blanches sur le côté de la malle.

— Et Cédric ? ai-je demandé, plus par réflexe que pour obtenir une réponse.

Le plus maigre, celui à tête d'épingle qui était aussi le plus bavard, m'a tout de même répondu :

— Nous, on ne sait rien, madame Delmas, on nous a juste dit de vous apporter cette cantine et de vous emmener au régiment pour récupérer le reste des affaires de votre mari.

Une atmosphère fantomatique régnait dans l'enceinte du Treize. La majorité des effectifs était encore en permission ou déployée en mission. La place d'armes était chauffée à blanc par le soleil de septembre. La sensation était étrange, comme si les troupes avaient fui sous des latitudes plus clémentes la vie austère de garnison.

Cédric partageait son bureau avec le mari de Jeanne. Du côté de Franck, tout était propre. Les deux soldats me confirmèrent que la jeune femme était passée plus tôt dans la journée. « Elle a même pris son pot à crayons », a marmonné celui qui était le seul à ouvrir la bouche depuis le début. Du côté de Cédric, dans la petite niche qu'il s'était aménagée face à la fenêtre, la paperasse en désordre, les paquets de mouchoirs et les trois petites bouteilles d'eau à moitié vides m'ont donné l'impression cruelle de sa présence. En un clignement de l'œil, il aurait pu réapparaître, peut-être pour récupérer son sac de sport accroché au dossier de sa chaise. Le deuil me rendait fétichiste. Comme Jeanne s'était emparée des fournitures de Franck, j'ai pris les bouteilles en plastique et les ai glissées dans mon sac à main. Les deux soldats ont fini par lever le camp. Le vieux siège de cuir rembourré avait gardé la trace du corps de Cédric. Je m'y suis assise. C'était cela qu'il voyait tous les matins : un angle de la place d'armes, le bâtiment de l'état-major et au-delà des murs surmontés de fil barbelé, le camp de manœuvres cerclé par les vignes. Et plus loin la campagne. « La verte », disait-il pour évoquer les semaines d'entraînement dans la lande. Pas de photo de moi ni des enfants sur son bureau. Cédric ne mélangeait pas le travail avec sa vie privée. Il m'avait dit un jour que c'était pour nous protéger. J'avais deviné que c'était aussi pour se préserver, lui. Il ne fallait pas que notre douceur le fasse flancher. J'inspirais avec force, en quête d'une trace de mon mari. Son odeur était bien là, tenace. Son parfum mêlé à la terre collée à ses chaussures de sport rangées sous son casier. La sueur du terrain.

Le bureau du chef de corps était situé à l'étage supérieur. J'ai escaladé quatre à quatre les marches du vaste escalier que les rangers de Cédric avaient dû fouler tant de fois.

Biaggi ne s'attendait pas à me voir apparaître à la porte de son bureau. Il s'est levé, a contourné son large fauteuil et m'a serré la main. Quelque chose avait changé dans sa physionomie. Son crâne méticuleusement rasé chaque matin, d'ordinaire brillant comme s'il l'enduisait d'huile, avait perdu de sa rotondité. Un succube l'avait aspiré de l'intérieur jusqu'à l'assécher. Mais il y avait autre chose.

— Colonel, il faut que vous interveniez. J'étais chez Myriam hier. Les parents de Thomas Beaumont, Carine, Jeanne et Manon étaient là. Tous savent ce qu'il s'est passé au moment de l'attaque, et je ne vous apprends rien en vous disant que Myriam veut la peau de cet Alain Lachaille…

Les coins de la bouche fine du colonel se sont affaissés. Il m'a fait signe de m'asseoir en face de lui tandis qu'il reprenait place à sa table de travail. Sous la lumière sans illusion du lustre moderne qui pendait au plafond, j'ai remarqué que l'infime changement dont je n'avais pas identifié l'origine était dû à l'apparition d'un long sillon sur son front.

— Que voulez-vous que je vous dise, Clémence, à part que je suis aussi scandalisé qu'elle…

Biaggi était effondré. Il me faisait presque pitié. Tout ce en quoi il avait toujours cru s'écroulait. Arme enrayée, mécanisme grippé.

— Alain Lachaille, a-t-il répété avec haine.

J'ai senti qu'il y avait quelque chose de plus profond, de plus vaste encore derrière le dégoût que cet homme lui inspirait. Au moins partageait-il cela avec Myriam et les parents de Thomas Beaumont.

— Ce n'est pas tout. Catherine et Marc Beaumont projettent de vous poursuivre en justice, ils m'ont demandé de l'aide pour constituer un dossier.

Silence. La nouvelle ride du colonel Biaggi s'est creusée.

— Qu'allez-vous faire ?

— Je n'ai pas encore pris ma décision.

Plus le colonel parlait bas, plus son accent corse revenait. Les *o* faisaient les frais de ce retour aux racines dictées par l'émotion. J'ai laissé mon esprit s'évader par la fenêtre située derrière le colonel. Aller en Syrie. Je n'arrêtais pas d'y penser. Quand le colonel a repris la parole, il semblait avoir recouvré ses esprits :

— Cela ne peut ni ne doit arriver ! C'est une question de survie pour le Treize, un procès anéantirait ce pour quoi nous nous battons depuis que cette unité existe.

Sa voix est devenue plus tranchante.

— Nos hommes effectuent des missions discrètes. C'est ce à quoi nous nous sommes engagés, ce pour quoi les hommes de ce régiment sont des soldats des forces spéciales ! Un procès serait terrible.

Il m'a semblé que Cédric était avec moi, qu'il s'était faufilé dans la grande pièce en même temps que le coup de vent tiède qui soulevait les feuilles volantes posées sur le bureau et venait de faire claquer une porte dans le couloir. C'est lui qui m'a donné la force de continuer.

— Ce scandale est en train de nous diviser, ce n'est pas ce que Cédric voudrait. Les veuves d'un côté, l'armée de l'autre : deux camps comme si on se faisait la guerre. Vous l'avez déjà dit, ce n'est pas un jeu. Le seul ennemi que je connaisse, c'est celui que vous combattez en Syrie.

Le chef de corps m'écoutait d'une oreille attentive. Quand j'ai évoqué la Syrie, sa pupille s'est dilatée. J'y ai distingué une lueur inédite. J'ai eu envie de croire que j'avais frappé juste. Soudain forte, j'ai insisté :

— Colonel, faites en sorte que nous puissions nous rendre en Syrie. Je vous promets que cela apaisera les esprits.

— Si je comprends bien, c'est une opération de communication ?

J'ai élevé le ton. Ce que le général Drieut venait de suggérer me révulsait. Pourtant, je savais qu'il n'y aurait pas d'autre choix. La décision avait été prise en haut lieu par le CEMAT. Je me faisais violence pour ne pas couper la conversation même si cela ne faisait que quelques minutes que nous étions au téléphone.

— Madame Delmas, c'est tout ce que le général Fauvert peut vous proposer, et je trouve que c'est déjà énorme. Il s'agira d'un voyage sous haute surveillance, qui mobilisera de nombreux soldats, j'espère que vous en avez conscience.

Je n'ai pas répondu. Les parents de Thomas Beaumont et les veuves seraient à la maison d'une minute à l'autre. Trois jours étaient passés depuis que j'avais parlé au colonel Biaggi. Trois jours pendant lesquels j'avais espéré avoir été convaincante. D'une certaine façon, j'avais ce matin la preuve que cela avait été le cas.

— Je vous remercie de m'avoir prévenue, général. Nous allons donc nous voir plus tôt que prévu.

J'ai raccroché. J'avais la bouche pleine d'une langue rugueuse comme de l'écaille.

La sonnette de la porte d'entrée a carillonné quelques instants plus tard.

— Bonjour, Clémence, comment vas-tu ? m'a demandé Myriam en s'engouffrant dans le vestibule.

Elle a déposé son sac dans un fauteuil du salon. J'ai à peine eu le temps de lui proposer un café que Manon arrivait. Carine nous a rejointes peu de temps après, suivie de Jeanne. Cette dernière était pâle dans sa tenue passe-muraille, pantalon informe et sans couleur, chemisier épousant les courants d'air. Une nouvelle fois, le contraste avec Carine m'a saisie. Avec l'air vertueux qu'elle arborait depuis que le gouverneur militaire lui avait donné sa carte de visite et l'assurance qu'elle allait désormais être à l'abri, elle semblait flotter au-dessus de nous.

J'avais à peine apporté le café que Myriam a reparlé du procès. L'armée, qui avait assassiné son mari, devait payer. J'ai tenté de calmer le jeu, ce qui a eu pour effet de redoubler sa violence.

— C'est facile pour toi, Clémence, tu n'as pas vu le visage bleu, boursouflé, la peau de cire et le corps sans vie de ton mari !

La chair translucide de ses avant-bras flageolait dans la lumière du matin. La veuve du major Martin dégageait une odeur sèche de vin blanc et de tabac. J'ai aspiré l'air par petites touches apoplectiques. Ces effluves me répugnaient mais je suis restée de marbre.

J'avais dû laisser la porte ouverte puisque les silhouettes fines comme des tiges du couple Beaumont sont apparues à l'entrée du salon. À peine avaient-ils franchi le seuil que j'ai eu l'impression que la pièce s'était assombrie. J'ai attendu que tout le monde soit installé avant de parler :

— L'état-major de l'armée de terre a donné son accord pour que nous partions en Syrie.

Jeanne a brusquement relevé la tête. Elle paraissait transfigurée.

— Qu'est-ce que c'est que cette histoire ? a protesté Marc d'une voix acerbe à laquelle s'est jointe celle de sa femme et de Myriam.

— Il s'agit d'un deal. Nous abandonnons toute poursuite judiciaire, et l'armée organise notre départ en Syrie. Il s'agira d'un voyage officiel. Nous partirons avec le colonel Biaggi et l'envoyé spécial d'un grand quotidien qui nous suivra sur les derniers pas de nos maris. Un photographe sera également présent.

— Mais je croyais que le colonel Biaggi désirait que nous n'ayons aucun contact avec la presse ? m'a interrompue Jeanne.

— Il faut croire qu'il a changé d'avis, ai-je répondu.

Même si elle avait raison, je ne devais pas fléchir. J'ai pensé à Cédric. Soudain cette utopie d'aller le chercher devenait réelle. Il fallait que j'insiste :

— J'ai bien réfléchi. Un procès ne vous rendra pas vos morts. Vous irez de procédure en procédure jusqu'à ce que la justice tranche. Qu'il s'agisse d'un non-lieu ou que vous ayez gain de cause, vous aurez perdu des années sans pour autant que Thomas, Thierry, Franck ou Jeff ne reviennent.

Quand j'ai prononcé le nom de son mari, Jeanne a laissé échapper un cri. Manon a éclaté en sanglots, provoquant la colère de Marc.

— Vous êtes de leur côté alors ? Ça se voit que personne n'est mort chez vous ! Vous croyez quoi ? Que vous allez le récupérer sur place, votre mari ?

Une main invisible a broyé mon ventre. Savait-il à quel point il avait touché juste ? C'est d'une voix tranchée, presque autoritaire, que Myriam a pris la parole. Le café avait atomisé son haleine et atténué les vapeurs d'alcool.

— Et nous prendre en photo devant l'endroit où nos maris sont morts, ça les avance à quoi, à part se payer une bonne opération de communication ?

À part Marc, qui a hoché la tête avec véhémence, signifiant par ce geste qu'il n'était pas plus dupe qu'elle, personne n'a osé répondre. Myriam n'était pas le genre de femme à abdiquer. Aussi, j'ai été surprise lorsqu'elle a baissé les yeux et murmuré :

— Clémence a raison sur un point : un procès ne nous rendra pas nos hommes. En revanche peut-être que ce voyage nous aidera à panser nos plaies.

Pour la première fois depuis trois semaines, Catherine Beaumont s'est détachée de son mari. Sa chevelure volumineuse et brillante semblait avoir été posée sur son crâne, comme un dôme de chantilly fraîche sur un gâteau rassis. Avant même que son mari n'ouvre la bouche, elle a posé la main sur son bras.

— Marc, quelles que soient les conditions de ce voyage, je veux que nous partions.

Quelques minutes plus tard, tout le monde s'était dit au revoir.

J'étais en train de me servir un verre d'eau dans la cuisine quand Lucas m'a effleuré le bas du dos. Cela faisait une semaine que je changeais ses draps quand il était à l'école. Nous agissions tous les deux comme si une fée éliminait d'un coup de baguette magique les flaques de pipi. Depuis que la délégation était venue frapper à la porte de notre maison, il s'était refermé. Même sa voix avait changé. Je me sentais responsable de la débâcle. J'ai serré son corps frêle dans mes bras. Il portait le vieux pyjama de velours râpé qui avait appartenu à Cédric enfant et ses chaussures de football.

— Maman, l'armée, elle a perdu papa ?

Il avait l'air si fragile.

— Oui, mon amour, et il n'y a que moi qui sais comment le retrouver.

Je ne suis plus arrivée à réprimer mes larmes. J'ai enfoui mon visage dans sa nuque. J'éprouvais une joie animale à me remplir de son odeur. La vie était là, dans mes entrailles, entre mes bras, collée à ma poitrine. Cédric vivait à travers lui. M'aimait dans une caresse d'Alexandre, continuait à se moquer de moi avec tendresse dans une pirouette d'Arthur. Cédric était désormais trois. *Bientôt quatre*, j'ai songé. La vie continuait. Comme pour donner du crédit à ce soudain regain de force, c'est ce moment qu'Arthur a choisi pour faire irruption dans la cuisine, le visage encore rosi par le bain. Il était harnaché comme un commando. Il avait dû se glisser dans le bureau de Cédric pendant la nuit puisque j'ai reconnu, flottant à ses pieds, sa paire de rangers. Il avait également enroulé plusieurs fois autour de son torse une de ses vieilles ceintures.

— On va chercher papa ?

C'était moins une question qu'un ordre. Il tenait dans ses bras le fusil factice que Cédric lui avait offert à Noël dernier et qui avait suscité la jalousie de ses aînés. Il s'est approché de moi, a posé ses petites mains sur mes joues humides.

— Ne t'inquiète pas, maman, on va le retrouver !

Je n'arrivais plus à parler. J'avais fait bonne figure ces dernières semaines, j'avais été la femme solide que Cédric avait choisie. Mais là, c'était trop. C'est au prix d'un effort insoutenable que j'ai réussi à balbutier une réponse :

— Arthur, mon chéri, toi, tu vas rester à la maison pour veiller sur tes deux grands frères et ta grand-mère, pendant que moi je pars en mission, c'est OK ?

Cédric lui avait appris la signification de ce « OK[1] » sur le terrain.

1. Durant la guerre de Sécession, l'officier notait dans son rapport « OK », signifiant *zero killed*, lorsqu'un combat se déroulait sans perte d'hommes.

— Non ! Je veux venir avec toi ! a-t-il hurlé.

J'ai jeté un regard à Lucas, toujours dans mes bras. La semaine dernière, en sortant de la salle de bains, au lieu de descendre à la cuisine pour préparer le dîner, j'avais poussé la porte du bureau de Cédric. J'étais restée quelques minutes dans la pièce, désœuvrée. J'avais touché la surface plane du bureau. J'avais humé une odeur identique à celle du régiment : déodorant, poussière sablonneuse, quelque chose de l'ordre de la ferraille et de la mousson que j'avais identifié comme étant l'arôme d'un sac vert en forme de polochon qui contenait une tente individuelle. J'avais perçu un bruit. J'avais tendu l'oreille : cela venait du placard. J'avais pensé à une souris. Je m'étais approchée du rangement, soulagée d'être divertie d'un énorme sanglot que j'avais senti sur le point de jaillir. Lucas reposait dans la pénombre, recroquevillé sur un matelas de fortune composé de bâches bariolées, de couvertures de survie et d'épaisses paires de chaussettes vertes. Il avait ouvert un œil, puis s'était tranquillement déplié de sa cachette, m'expliquant avec un regard assuré qu'il « vérifiait quelque chose ». Quoi, je ne le saurais jamais. Nous étions descendus tous les deux à la cuisine où je lui avais servi un verre de jus d'orange tandis qu'il m'avait dit, les yeux plantés dans les miens, qu'il projetait de s'installer dans ce placard mystérieux, entouré des ombres de son père.

Alexandre nous a rejoints dans la cuisine. Sa voix, oscillant entre la crainte et l'espoir, m'a sortie de mes pensées :

— Alors tu vas monter dans un avion militaire ?

Il paraissait admiratif. À peine avais-je ouvert la bouche pour lui répondre qu'Arthur me mitraillait de questions :

— Mais alors tu vas être avec des copains de papa ? Tu vas voir le général ? Tu vas tuer les méchants ?

La facilité avec laquelle lui et ses frères acceptaient ce qu'il se passait, sans demander d'explications, sans colère, avec confiance, était désarmante. Mes trois enfants posaient sur moi un regard rempli d'espoir et j'ai tout à coup eu l'impression d'être une héroïne.

Après les avoir couchés, j'ai terminé ma valise. J'étais aussi anxieuse qu'impatiente. J'avais à peine touché au dîner que j'avais préparé pour les garçons. Dans moins de vingt-quatre heures, je serais en Syrie.

Dans le TGV qui nous emmenait à Paris, nous sommes restés silencieux. Christelle, qui avait pris les billets, nous avait toutes regroupées dans le même wagon. Catherine et Marc, les parents de Thomas, étaient également là. Avant le départ de Franck, Jeanne m'avait raconté avoir éprouvé une nervosité inédite. Cela avait commencé par des insomnies. « Ne risque pas ta place pour des fantômes », lui avait dit un collègue de travail. La formule avait fait mouche. Jeanne avait songé à se confier à Séverine, puis elle avait eu peur : tout cela devait rester en dehors de l'enceinte militaire. Elle avait déniché un médecin qui l'avait mise sous calmants. Les nuits sans sommeil avaient disparu, pas les crises d'angoisse.

Après avoir été pris en charge à la gare Montparnasse par deux chauffeurs militaires, nous avons pris la direction de l'aéroport de Villacoublay où le colonel Biaggi et le lieutenant-colonel Prazic nous attendaient déjà. Quand nos deux berlines sont sorties de l'autoroute et ont bifurqué vers l'aéroport, il m'a semblé, ou du moins c'est ce que j'ai voulu croire, qu'une nouvelle page se tournait. « Tu sais, m'a dit Carine, je n'ai jamais eu et je n'aurai jamais autant d'honneur de toute ma vie ! Tout ça, je le dois à Jeff ! » Le regard fixé sur les avions stationnés devant les immenses hangars, elle était éblouie. Je comprenais ce qu'elle voulait dire même si je ne partageais pas son sentiment. La cérémonie aux Invalides, les médailles, la minute de silence, le cortège motorisé sur le pont Alexandre-III et toute la bienveillance dont faisait preuve l'armée ne me rendraient pas Cédric. Je me fichais de ces scènes hollywoodiennes, haies de soldats rigides sur le tarmac, odeur de mazout et cheveux qui s'envolent dans le climat radieux de cette fin de matinée.

Une heure plus tard, nous étions dans l'avion. Le colonel Biaggi avait pris place à l'avant, sur l'aile gauche, à côté de son commandant en second. De l'autre côté de l'allée centrale, deux civils étaient assis près du hublot. Il s'agissait de l'équipe de presse. J'ai mis quelques minutes à m'habituer à l'atmosphère sèche, saturée de kérosène, qui imprégnait les parois de la carlingue. Une violente migraine m'a enveloppé l'arrière du crâne tandis que j'appuyais ma nuque sur le dossier râpé de mon siège. Je n'étais jamais montée à bord d'un avion militaire. « Un C130 Hercules quadrimoteur à hélices », avait précisé Biaggi avant de s'installer, comme si cela relevait une quelconque importance. À quelques détails près, dont faisait partie l'odeur d'essence, l'intérieur ressemblait à celui d'un avion civil, en plus rustique. Un militaire nous a demandé de boucler nos ceintures, distribué des petites bouteilles d'eau puis il a disparu dans le cockpit. Nous avons décollé dans un puissant vacarme.

Les trente premières minutes du vol se sont faites en silence à l'exception du bruit des turbines. Ce mutisme n'avait rien de paisible. L'instant était grave. Dans quelques heures, nous foulerions la terre d'un pays en guerre. Par le hublot, la France s'éloignait à vitesse grand V. Routes étroites, paysage plat et quadrillé, patchwork, puis mosaïque de cultures et de villes, lambeaux de nuages, et enfin rien. L'anxiété de la veille avait laissé place à l'excitation. La Syrie. Il me semblait déjà connaître le pays à force d'en entendre parler. Les images vues à la télévision s'étaient gravées dans mon cerveau. J'avais beau me forcer, je n'arrivais pas à m'enlever du crâne l'idée que je rejoignais Cédric.

L'avion stabilisé, le colonel Biaggi s'est levé de son siège. Il a fait signe aux deux journalistes de le rejoindre dans l'allée centrale.

— Mesdames, monsieur, j'aimerais vous présenter Alban Viguier et Tony Molinier, respectivement correspondant de guerre et photographe pour un grand hebdomadaire national.

Biaggi a insisté plusieurs fois sur le fait que leur présence serait discrète et qu'en aucun cas nous devrions nous sentir gênés. Pendant qu'il parlait, j'ai détaillé les deux personnages. Le journaliste, malgré sa saharienne beige et sa barbe de deux jours qui ne parvenait pas à masquer des traits anguleux, d'un classicisme d'une autre époque, aurait pu être militaire. Sa haute stature dégageait une forme de virilité brusque que sa manière tranquille de se tenir ne trahissait pas. Le photographe, lui, avait une tête de Colombien. Pommettes hautes, yeux fendus, nez surplombant des lèvres ourlées, son teint bistre et ses cheveux noirs presque bleus donnaient à sa silhouette nerveuse une aura énigmatique. Derrière ses paupières tombantes, ses yeux sombres ne loupaient pas une miette du spectacle que nous devions offrir, nous les femmes, les quelques militaires qui nous accompagnaient et Biaggi qui a fini par inviter les deux hommes à se présenter. Derrière les hublots que les rayons du soleil brûlaient, c'était le grand blanc. J'ai regardé mon téléphone portable. Nous entamerions notre descente dans quatre heures environ.

— Si vous avez la moindre question, n'hésitez pas, nous sommes à votre disposition, a achevé Alban Viguier.

Sa voix chaude tonnait agréablement dans l'atmosphère, pas suffisamment pourtant pour que Marc Beaumont ne laisse échapper un grognement de désapprobation. Celui-ci a augmenté quand le photographe, qui avait extrait d'une petite besace noire son appareil photo, a pris la parole d'un ton poli :

— J'aimerais beaucoup immortaliser ce premier moment, si vous n'y voyez pas d'inconvénient.

À peine avait-il terminé sa phrase que la voix de Marc s'est élevée, sèche et indiquant clairement qu'aucune négociation n'était envisageable :

— Il en est hors de question, cher monsieur !

J'ai aperçu l'œil noir de Molinier chercher secours auprès de Viguier. Ce dernier a discrètement haussé les épaules et a fait signe à son collègue de se rasseoir. Une minute plus tard, nous étions plongés dans le silence. J'ai fermé les yeux et me suis laissé happer par le sommeil tandis que notre avion s'enfonçait dans les nuages.

« Restez pas là, dépêchez-vous de descendre ! » L'ordre venait d'un soldat barbu au teint basané dont le treillis fatigué laissait entendre qu'il était dans le pays depuis plusieurs mois. Son visage fripé, minuscule sous sa casquette maculée de taches, ressemblait à un raisin sec. Son corps était à l'avenant. Rabougri, tenant plus du singe que de l'homme, ou d'un homme à qui la vie en territoire hostile aurait bosselé le dos, écartelé les jambes et les bras, amaigri le torse et donné cette démarche à la fois féline et simiesque avec laquelle il arpentait la piste. Il fallait descendre. Un pied puis l'autre sur l'escalier de fer chauffé à blanc. Alors que nous nous précipitions en haut de l'échelle qui avait été avancée à l'entrée du Transall, il a continué à beugler, cette fois en direction des trois soldats qui se trouvaient dans le cockpit. Sa voix résonnait avec une étrange vulgarité dans la zone déserte où nous venions d'atterrir.

La poussière m'a séché la rétine. Début octobre en Syrie. Il devait faire près de quarante degrés, et la sécheresse de l'air renforçait l'impression de suffocation. La sensation d'être pris dans le souffle d'un sèche-cheveux. Et nulle part de fenêtre à ouvrir, de porte à entrebâiller pour un hypothétique courant d'air. La main en visière, j'ai offert mon visage à la morsure du soleil. C'était dans mon dos que la chaleur était la plus forte, réverbérée par la carlingue vibrante de l'Hercules comme celle d'un four à son plus haut degré de cuisson. Je n'étais vêtue que d'un pantalon léger et d'une chemise large à manches longues qui dissimulait mon ventre. Le colonel nous l'avait rappelé avant de partir : nous débarquions en pays musulman. Ce n'était pas nécessaire de nous faire remarquer par des tenues légères. *Comme si nous avions envie de légèreté*, avais-je songé. Il avait précisé qu'il nous faudrait peut-être, dans certains lieux, mettre un foulard sur nos cheveux. Manon avait noué le sien sur sa tête afin de dégager sa nuque fiévreuse, ce qui n'avait pas l'air au goût de Prazic qui jetait parfois des regards ulcérés dans sa direction. La touffeur était telle qu'elle rendait la canicule bordelaise dérisoire. J'avais soudain cent ans, je pesais cent kilos. Dire que Cédric avait débarqué dans cette fournaise. Je l'imaginais avec ses grosses chaussures de toile montantes, son fusil d'assaut, son gilet pare-éclats. Plusieurs dizaines de kilos de matériel. Et rien n'avait encore commencé. Je regardais les autres femmes : toutes étaient flétries de fatigue.

Avant d'atterrir, alors que nous survolions ce qui ressemblait à des massifs montagneux, le commandant en second avait récupéré nos portables. « Pour des questions de sécurité », avait-il expliqué de sa voix nasillarde, ses sourcils ne formant plus qu'une seule barre épaisse au-dessus de son regard hostile. Devant la mine dubitative de Myriam et des parents de Thomas, il avait cru bon d'ajouter que si nous voulions revenir intacts à Martignas, nous ferions mieux d'obtempérer. Tout le monde avait fini par donner son téléphone. Un quart de seconde, j'avais moi aussi senti un vent de révolte me secouer. Ce gradé s'adressait à nous comme il devait le faire avec le troufion de base. J'étais intervenue : « Colonel, rappelez-vous pourquoi nous sommes là avant de vous adresser à nous comme à des bêtes. » Prazic n'avait pas bronché, il s'était contenté de détourner les yeux. C'est le colonel Biaggi qui s'était excusé : « Pardon, nous sommes tous et toutes sous tension. Croyez-moi, nous voulons que tout se déroule le mieux possible ! » Les autres m'avaient remerciée du regard. Quelques minutes plus tard, nous amorcions notre descente.

Le soldat barbu a continué à crier jusqu'à ce que nous ayons évacué l'avion. C'est sous bonne escorte que nous avons quitté la piste pour nous diriger vers un premier bâtiment aux façades criblées d'impacts de balles tandis que Biaggi et Prazic disparaissaient dans une maisonnette en ruine. Alban Viguier, lui, promenait déjà sa haute stature sur cette terre ardente qui semblait lui être familière. En quelques minutes, il avait fait le tour des lieux. Maintenant assis sur un rocher situé à quelques mètres de la piste, visage indifférent et regard pensif, presque sceptique, tout dans son attitude trahissait l'homme qui s'ennuie en attendant de rentrer dans le vif du sujet.

L'avion a redécollé quinze minutes à peine après notre arrivée. L'atmosphère poussiéreuse est devenue opaque, la terre a tremblé. L'Hercules a disparu dans le ciel bleu, nous laissant au milieu de ce désert avec un étrange sentiment d'abandon. En réalité ce n'était pas vraiment un désert, bien que la végétation soit réduite à sa plus simple expression : de frêles arbrisseaux, des buissons calcinés qu'aucun souffle de vent, pas la moindre brise, n'agitait. Cela ressemblait plutôt à un champ immense de labour très plat, très jaune. Au loin quelques collines arides donnaient un peu de relief à ce paysage aux teintes pastel, comme passé au filtre laiteux d'un vieil objectif. J'ai humé l'air en me demandant comment j'allais m'habituer à ce sentiment d'asphyxie permanent. Des effluves familiers de laurier me sont parvenus, tranchés brutalement par un remugle de sueur. Le soldat au faciès de fruit confit était derrière moi. « Madame, s'il vous plaît, rejoignez les autres femmes à l'intérieur ! »

Je me suis dirigée vers le bâtiment. Derrière moi le soldat est resté avec Alban Viguier et Tony Molinier qui avait déjà sorti son appareil photo de son sac. À l'inverse de son acolyte, il était affairé. Son regard noir sondait le décor, cadrant dans cette étuve de futures images : l'avion évanoui, ce paysage de roches, les 4 x 4 garés devant la maisonnette dans laquelle Biaggi et Prazic s'étaient engouffrés, le bâtiment en préfabriqué dans lequel les veuves venaient de pénétrer, les peshmergas[1] qui conversaient au

1. Soldats kurdes.

pied d'un mur éboulé qui devait avoir appartenu, il y a des siècles, à une bâtisse dont ne restaient que ces quelques pierres collées par la boue. Alban Viguier s'est finalement levé de son rocher. Sa nonchalance naturelle avait laissé place à l'excitation. Il a sorti de sa poche un dictaphone qu'il tenait devant sa bouche fine. Un léger mouvement l'agitait. Pour lui, pour Molinier, c'était un contrat. Un reportage de plus. Je leur en voulais pour ce détachement.

Où nous trouvions-nous exactement ? J'avais posé la question au colonel avant notre départ. Sans réponse de sa part, j'avais retenté ma chance alors que nous étions dans les airs. Biaggi, fidèle à sa ligne de conduite, avait continué de se taire. « Déjà, on vous emmène, vous ne voulez pas non plus les coordonnées géographiques de la base ? » avait-il répondu, dans un rire forcé. J'avais fait mine de me satisfaire de sa réponse. Faire semblant de renoncer au combat. Je finirais bien par savoir près de quel village nous avions été lâchés. Ce n'était un secret pour personne que les forces spéciales étaient basées près de Kobané et de Raqqa. La presse le savait, et une partie du grand public. Mais près de Kobané et de Raqqa, c'était vague. J'avais beau sonder les alentours, je ne distinguais aucun panneau indicateur.

Le dépaysement était total. Pour la première fois de ma vie, je me retrouvais au cœur d'un territoire aussi éloigné que possible de mon univers. Rien ne m'avait préparée à cette réalité, pas même le temps passé devant la télévision ou dans les livres pour tenter, en l'absence de Cédric, de m'approprier l'inaccessible mystère de ses missions.

J'ai scruté l'horizon, en quête de signes. Comme si le fait de me retrouver en Syrie rapetissait soudain les frontières et qu'il suffisait d'arpenter le relief de ce pays inconnu pour palper la présence de mon mari. À partir de ce lieu vide, composé de rocaille et de rares plantations aussi cassantes que les brindilles qu'on utilise pour allumer du feu, j'inventais un mausolée géographique. Un condensé de tous les pays où Cédric s'était rendu et dont j'ignorais tout. C'était l'Afghanistan où il était parti six mois avant qu'on se marie, la Centrafrique où il avait perdu un camarade, la Côte d'Ivoire, le Tchad ou encore le Liban, tous ces territoires hostiles dont je ne savais jamais rien de plus que ce qu'il me racontait. Il y avait aussi les pays sans nom, où il était allé pour quelques opérations de courte durée et dont je l'avais vu revenir rempli d'une transe dont il mettait plusieurs jours à se défaire. Chaque fois, je m'étais contentée de ses descriptions lacunaires. Cédric faisait son job, pas du tourisme. La seule chose qui m'intéressait était qu'il revienne vivant. Durant toute sa carrière, mon mari avait passé des mois entiers dans ces pays de fournaise et de guerre, dans des paysages interchangeables pour l'œil non averti. Je regrettais soudain de ne pas avoir été plus curieuse. Je voulais désormais tout connaître. La langue, le climat, le relief, les villes traversées, les zones de campement, les armes, les bases militaires, la politique.

Quelques 4 × 4 étaient stationnés le long de la bâtisse où nous patientions depuis plus d'un quart d'heure. Je ne savais pas très bien ce que je cherchais en observant le moindre détail de cette salle. C'était un four mais au moins étions-nous protégés du soleil. Le ventilateur ne fonctionnait pas, le sol en terre battue était jonché de paille, les quelques sièges en fer que nous occupions avaient l'air d'avoir mille ans. Cédric était-il aussi passé par là ? S'était-il assis dans ce hangar, s'était-il lui aussi demandé pourquoi personne n'avait cru bon de réparer le ventilateur qui pendait au plafond ?

J'en étais là de mes réflexions quand la silhouette de Tony Molinier est apparue dans l'embrasure de la porte.

— Excusez-moi, madame… Madame Delmas, c'est bien cela ?

J'ai hoché la tête sans dire un mot.

— Me permettez-vous de vous prendre en photo ?

Le colonel Biaggi devait lui avoir donné comme consigne de nous prendre avec des pincettes. Même si j'appréciais tant de sollicitude, j'aurais préféré qu'il effectue son travail en silence. Il est sorti du hangar après avoir pris quelques clichés. D'abord des lieux puis, comme en s'excusant, de mon visage flétri par le chagrin et l'épuisement. À mes côtés, les veuves semblaient être tombées dans la même hébétude. Un songe à demi éveillé, dû à la chaleur écrasante et à la fatigue du voyage. Nous n'avions volé que quelques heures. Pourtant, il me semblait avoir quitté Bordeaux il y a une éternité.

— Cela ressemble au Maroc, en plus sauvage, a soudain déclaré Carine. Je me souviens qu'on y est allés avec Jeff, pour fêter notre anniversaire. On avait pris une semaine tout compris à Marrakech, dans un grand hôtel. Le tour-opérateur proposait une nuit dans le désert. On avait dormi sous la tente, bu du thé avec des Touaregs ou des Berbères, je ne sais plus, ou peut-être que c'était juste le personnel de l'hôtel qui s'était déguisé…

Carine a étouffé un rire et sorti un brumisateur de son petit sac.

En fin d'après-midi, notre petit groupe a été réparti dans trois Toyota blindées conduites par des peshmergas. Le voyage n'était pas fini. La route était cahoteuse. Je m'appuyais sur mes deux bras tendus, poings serrés sur le cuir rigide du véhicule pour absorber le plus possible les chocs. Je pensais alternativement à Cédric et au bébé. Ce n'est qu'à la nuit que notre cortège a atteint la seconde étape de notre périple. Toujours pas de panneaux indicateurs. L'absence d'indices était telle que j'avais l'impression de traverser un pays sans mots, un pays sans verbes. Peut-être était-ce cela, tout simplement, un pays en guerre.

Le camp, entouré de murs épais surmontés de fil barbelé, a émergé au milieu de la nuit alors que nous roulions à vive allure. De part et d'autre du check-point où nous avons décliné nos identités, des sentinelles scrutaient l'horizon. Nous nous sommes enfoncés dans la base avant d'arriver à un bâtiment isolé du reste des infrastructures militaires. À l'exception des peshmergas et de quelques militaires français appartenant à des régiments de forces conventionnelles, les hommes que nous croisions étaient en civil ; à part l'arme de poing que tous portaient à la ceinture, rien ne permettait de les identifier en tant que soldat.

— Vous avez un peu de temps pour vous reposer avant l'heure du dîner, a déclaré Biaggi.

L'obscurité a avalé les trois soldats kurdes tandis que le colonel nous faisait signe de le suivre. Les deux journalistes et Prazic ont disparu par une allée plantée de casemates en béton.

— Vous ne dormez pas au même endroit, a-t-il cru bon de nous préciser.

Quelques secondes plus tard, deux hommes en tenue de sport sont passés devant nous en courant.

— Des Américains, nous a expliqué le colonel Biaggi, ils travaillent avec nous.

J'avais le dos rompu par les heures de trajet que nous venions d'effectuer. Nous avions traversé des villages dont il ne restait que des ruines, nous avions arpenté des pistes grevées d'ornières, emprunté des lacets dans des collines asséchées. Une poudre sombre et volatile comme de la cendre s'était collée à nos peaux moites de sueur. Le vent s'était levé à mi-trajet, soulevant des nuages de sable et nous contraignant à rester stationnés derrière une grange dont le toit manquait, au cœur d'un bourg dont les ruelles étroites avaient été saccagées par le passage de blindés. Tout n'était que désolation et poussière. Nous n'avions croisé âme qui vive hormis un troupeau de chèvres qui s'était enfui devant nous. Alors que les bourrasques nous secouaient et que le vent tiède achevait de nous déshydrater, j'avais failli perdre courage. Il y avait ce climat hostile et le mutisme des hommes. Même leurs pensées me semblaient clandestines.

Le bâtiment où nous allions dormir les deux prochaines nuits était spartiate. Derrière une toile de tente kaki tendue dans un coin de la pièce se dressait une salle d'eau au confort sommaire : lavabos, sanitaires et douche directement reliée à une citerne collée à la paroi du dortoir par un vasistas entrouvert. Un soldat viendrait nous chercher d'ici une heure. En attendant, c'était quartier libre. Alors que je m'étendais sur le lit de camp situé le plus loin possible des toilettes, je me suis laissée aller à une étrange rêverie. Je comprenais Cédric. Assoiffée malgré le pack d'eau qu'un des peshmergas venait de nous apporter, humide de transpiration et totalement isolée du reste du monde, j'éprouvais pourtant, de manière paradoxale, une certaine excitation à l'idée de cette vie nomade. C'était une existence réduite à sa plus simple expression : survivre et tuer, se nourrir, dormir, parfois se laver. J'étais tellement loin de mes dossiers, de mes avocats et de mes articles du code civil. Une fille de papier alors que Cédric était un homme de chair et de muscle.

La base des forces spéciales était une mini-ville dans le désert. Une civilisation rustique, avec ses codes, ses habitudes, ses horaires. Il y avait le point d'approvisionnement d'essence, celui d'eau potable, la cantine, la zone technique avec les véhicules militaires, l'armurerie, les bureaux installés dans des habitats provisoires. Cette île autosuffisante et retranchée en terre ennemie avait été l'univers de Cédric pendant deux mois.

Sur le lit de camp voisin, Myriam ronflait déjà. Visage détendu, corps décontracté, le sommeil et la sueur avaient absorbé ses cernes, comblé ses rides. Ses traits marqués semblaient purifiés. Dans quelques minutes, les stigmates de la rancœur réapparaîtraient sur son visage. En attendant, elle ressemblait à la jeune femme ronde et chaleureuse qu'elle avait peut-être un jour été. Manon s'est approchée alors que je me retournais sur la toile tendue.

— Clémence, a-t-elle chuchoté, merci pour ce que tu as répondu à Prazic tout à l'heure dans l'avion. J'ai toujours cru que tu étais de leur côté !

Manon était une inconnue pour moi. Sa reconnaissance me touchait mais il fallait que je lui dise la vérité :

— Tu sais, Manon, l'armée, pour moi, c'est Cédric. Quoi que je dise, quoi que je fasse, elle doit rester mon alliée.

Quand le soldat kurde chargé de nous escorter jusqu'à la tente s'est montré dans l'embrasure de la porte, nous avions sombré dans le sommeil.

La réunion a duré une heure à l'issue de laquelle on nous a distribué ce qui avait l'air d'être l'ordinaire du camp, c'est-à-dire une louche de courgettes à la sauce tomate, du riz, du poulet et une ration d'eau. Nous partirions le lendemain matin à l'aube. Direction : la zone où nos maris avaient été tués. « Assassinés », a corrigé le père de Thomas quand le lieutenant-colonel Leclerc, qui commandait le groupement des forces spéciales, a eu fini de parler. « Assassinés, pas tués », a-t-il repris plus haut pour être sûr que tout le monde l'entende. Tués. Assassinés. De la rhétorique. *Le résultat est le même*, avais-je envie de rétorquer. Leclerc a choisi de ne pas répondre. Biaggi ou Prazic avait dû lui faire un point de la situation avant que la réunion commence.

Alban Viguier et Tony Molinier étaient assis au bout de la table où nous dînions. Ils avaient fait une entrée discrète au milieu de la réunion et n'avaient depuis pas bronché. Viguier prenait des notes et échangeait parfois quelques mots avec le photographe.

Le lieutenant-colonel Leclerc était en Syrie depuis la fin du mois de juin. Il était parti un peu plus tôt que Cédric et les autres. Il était supposé revenir en France fin octobre. J'avais déjà eu l'occasion de le croiser à Martignas, lors de cérémonies militaires. J'avais le souvenir d'un homme râblé, cheveux poivre et sel et profil de poupon. Comme Biaggi, la perte d'une partie importante de ses hommes avait amaigri sa silhouette et tracé des sillons profonds sur la peau burinée de son visage. Il se tenait voûté comme un vieillard. En l'écoutant, je me suis souvenue que c'était lui qui avait signé la feuille de route le jour de la visite du député. Son métier était de prévoir le pire, pourtant il avait accédé à la demande d'Alain Lachaille. C'était incompréhensible.

— Mesdames, je vous souhaite la bienvenue dans la base principale des forces spéciales en Syrie. Nous possédons d'autres structures, plus petites et à vocation plus tactique, situées ailleurs dans le pays, mais c'est ici que vos maris ont été réceptionnés le jour de leur arrivée, il y a maintenant plus de deux mois. Comme tous les soldats de la base, comme le colonel Biaggi et le lieutenant-colonel Prazic, sachez que mes pensées vous accompagnent dans ce processus difficile qu'est le deuil. Et au-delà des beaux discours, si je pouvais vous convaincre d'une seule chose, c'est que j'aimais ces gars, et qu'ils me manquent tous les jours.

Leclerc accompagnait chacune de ses phrases de gestes de la main mesurés, comme un homme politique ou un tribun romain. Ces mouvements contrôlés, calculés même, dégageaient une force que sa voix lasse, parfois tremblante, trahissait. Comme dans une mauvaise pièce de théâtre, la voix cassée de Marc a déchiré une nouvelle fois le court silence :

— Sauf votre respect, pas autant qu'à nous, mon colonel !

— Je le sais, monsieur, et j'en suis désolé, a répondu Leclerc avec douceur.

Ce qui n'a pas empêché le père de Thomas de renchérir :

— On sait pourquoi vous nous avez amenés ici : vous faites votre petite opération de communication, le rôle du bon soldat qui fait du bon boulot, mais ça ne suffira pas, je vous le dis, ça ne suffira pas !

Il a poursuivi ainsi quelques minutes de plus. Je me suis bouché les oreilles. Ce que j'entendais m'emplissait de rage.

Le lendemain matin, après avoir avalé un café dans la tente où nous avions dîné la veille, nous avons pris la route. Biaggi, Prazic et Leclerc se trouvaient dans la voiture de tête avec Alban Viguier et Tony Molinier ; j'ai pris place avec les veuves ainsi que Catherine et Marc Beaumont dans un second véhicule. Il n'était que six heures du matin et il faisait déjà plus de trente degrés. Le ciel était clair. Cédric était dans les parages. J'en avais la certitude.

Après deux heures de route dans un paysage encaissé similaire à celui de la veille, nous avons atteint une région de collines. Il y a encore trois semaines, la zone était l'un des fiefs de l'État islamique. La localité avait été reprise le lendemain de l'affrontement. Une section de démineurs avait balayé l'endroit juste avant notre arrivée. Malgré cette précaution, un groupe de soldats avait également été mis à disposition par une base voisine pour effectuer une dernière vérification. C'était la procédure habituelle. Méticuleuse, répétitive. Il fallait border, jusqu'à la nausée, pour que la part de risque maîtrisable soit sous contrôle.

Le reste, l'indomptable, c'était la guerre : le hasard des IED[1], les tirs de kalachnikovs, la trahison d'un soldat local tout juste formé et les obus de mortier.

Le trio de soldats qui venait d'achever son inspection s'est dirigé vers nous. Comment ces hommes d'instinct avaient-ils pu laisser l'impossible advenir pour la visite d'un officiel ? Parce qu'il s'agissait de politique. Franck, Jeff, Thomas et les autres n'étaient que des victimes collatérales.

Le 4 x 4 conduit par le lieutenant-colonel Leclerc a débarqué quelques minutes plus tard, dans une pétarade de sable et des remugles d'essence. Alban Viguier et son photographe en sont sortis les premiers, suivis par Biaggi et Prazic. Le moment était solennel. Leclerc a pris la parole :

— Nous sommes à une centaine de mètres de l'endroit où a eu lieu l'embuscade.

Le lieutenant-colonel s'est tu, comme pour nous laisser le temps de nous imprégner de l'atmosphère. Molinier en a profité pour le prendre en photo. Derrière moi, j'ai entendu Marc tiquer. Une toux, un soupir brutal. De ceux que l'on exprime quand on veut faire entendre sa désapprobation. Alban Viguier avait ressorti son dictaphone. Myriam et Catherine le regardaient d'un air mauvais. Puis, il y a eu le silence. Rien ne rappelait l'horreur du 29 août. Je ne voyais que les ruines du village, des oliviers anémiques ; tout autour un néant de vallées sablonneuses et, plus haut, de rocaille. Le panorama était identique à tout ce que nous avions vu depuis notre arrivée en Syrie. Nous étions

1. *Improvised Explosive Device* : engins explosifs improvisés.

restés loin du tumulte des villes, loin des infrastructures de l'armée régulière, loin des emprises encore aux mains de l'État islamique.

Les soldats se tenaient à bonne distance de notre groupe, à l'exception du lieutenant-colonel Leclerc, accompagné du jeune brigadier qui avait fait la route avec nous, un certain Kevin Gauvin. Après un bref rappel des faits, Leclerc a laissé le brigadier s'exprimer. Entre deux bouffées de nicotine dont je me suis demandé comment elle ne lui brûlait pas les poumons, le brigadier a raconté ce qu'il s'était passé, une version plus ou moins identique à celle que je connaissais déjà, en plus édulcoré. Il choisissait ses mots avec soin.

— Ils étaient huit, l'équipe était commandée par le major Thierry Martin, secondée par l'adjudant Cédric Delmas.

À chaque nom de soldat, il posait son regard sur la veuve puis, de là, le coulait en direction des officiers supérieurs qui ne le lâchaient pas des yeux. J'observais les femmes. Elles entendaient le déroulé de cette mission pour la première fois. Je pouvais deviner, à leurs regards écarquillés, à l'attitude de concentration religieuse de leur corps, au léger écartement de leurs lèvres, leur avidité.

Quand il a prononcé le nom de Cédric, le brigadier a buté sur ma silhouette.

— Ils ont survolé la zone de nuit, en hélicoptère, huit jours auparavant, le 21 août. C'est Cédric qui a sauté en premier, puis le brigadier Thomas Beaumont qui devait dépiéger la zone. Ensuite il y a eu les adjudants Fabien Paris et Jean-François Keller, puis l'adjudant-chef Franck

Bocquet, en binôme avec le brigadier Alexis Perrier – cette fois-ci, il a regardé ses pieds – et enfin le major Martin puis le brigadier Geoffroy Cagnes. À peine à terre, Jeff et Franck se sont positionnés pour assurer la sécurité des six soldats, le temps qu'ils cachent leurs parachutes. Une heure plus tard, tout le monde était en place.

J'ai surpris un échange de regards entre le brigadier et le lieutenant-colonel Leclerc.

— L'attaque a débuté huit jours plus tard, le 29 août à l'aube, au moment du repli. On a entendu des cris, des rafales, des bruits de moteur et de course. Puis on a perdu la liaison.

À part Carine, qui avait déjà harcelé de questions le lieutenant-colonel Leclerc, personne n'avait rien à ajouter. La jeune femme voulait savoir si notre interlocuteur connaissait son mari et, surtout, à quel endroit précis celui-ci était tombé. D'un geste vif, le brigadier Gauvin a amené la cigarette qu'il tenait du bout des doigts jusqu'à sa bouche. Il a longuement aspiré. J'ai vu la clope rougeoyer puis des volutes de fumée ondoyer devant son visage comme les vapeurs d'un mirage. Il avait l'air gêné et jetait des coups d'œil nerveux en direction de Leclerc et de Biaggi.

— Je suis désolé, madame, a-t-il fini par répondre, cela, je ne peux pas vous le dire, personne ne le sait. Quant à Jeff, oui, je le connaissais.

Le soldat a écrasé sa cigarette sur le sable. Puis il s'est penché pour ramasser le mégot qu'il a glissé dans une poche de son treillis. Ses yeux brillaient quand il a repris :

— On était du même quartier à Verdun.

Gauvin est reparti en direction des 4 × 4. Marc s'est assis sur un muret en pierre. Sa chemise était transparente de sueur. Il pleurait. Catherine était derrière lui, son corps formant un rempart tandis que ses yeux scrutaient l'horizon. Jeanne, un genou sur le sol, s'est mise à creuser la terre. Je l'ai vue extirper de sa besace une petite boîte en plastique. Elle a commencé à la remplir de sable et de cailloux. J'ai perçu un frôlement derrière moi, un mouvement clandestin dans l'air, des chuchotements. Je n'ai pas eu besoin de me retourner pour sentir l'appareil du photographe entrer en action. Jeanne se taisait depuis le début du voyage. Au fil des jours, ses gestes étaient devenus flottants. J'avais vu sa silhouette ployer. Ses yeux s'étaient agrandis, fixés à jamais sur une dernière interrogation. Par où était passée la mort, que faisaient exactement nos hommes, quelle avait été la dernière image, l'ultime pensée qu'ils avaient eue ? Nous n'avions que des questions et toujours pas de réponses.

J'ai soudain entendu un éclat de voix, puis un bruit sourd. À quelques mètres, Alban Viguier, Tony Molinier et Marc Beaumont criaient, comme s'ils se disputaient. Ils étaient sur le point d'en venir aux mains.

— Je suis désolé, monsieur, mais vous savez pourquoi nous sommes là. Il faut que vous nous laissiez faire notre travail !

C'était la voix chaude de Viguier, agrémentée d'un soupçon d'impatience. Le photographe était accroupi à ses côtés, un peu en retrait. Il venait de ramasser son appareil photo qu'il essuyait avec un bout de tissu. Marc Beaumont a répliqué :

— Vous n'êtes que des fouille-merde, vous ne respectez rien !

Sa voix cassée était au bord du sanglot. À ces mots, que les deux journalistes ont encaissés en silence, le chef de corps est intervenu. Je n'ai pas entendu ce qu'il a dit au père de Thomas Beaumont, mais quelques secondes plus tard, l'incident était clos. Le silence est revenu, tendu.

Myriam s'est avancée vers moi :

— J'ai parlé au brigadier Gauvin, il m'a confirmé que Thierry était malade.

Elle a soupiré. Elle avait soudain l'air pressée de repartir.

— De toute façon, il était condamné… Au moins, il est mort debout…

Je l'ai prise dans mes bras en songeant que jamais je ne pourrais me consoler ainsi. Elle s'est détachée la première. Ce n'était pas chez elle, ce pays de poussière et de sang. Elle s'est dirigée vers les véhicules dont la tôle fumait sous la chaleur, en butant sur la terre de la piste. Plus loin, Manon remuait la bouche en une prière silencieuse. Elle se tenait à genoux sur le sol. Avec son visage de jeune fille tourné vers le ciel, elle ressemblait à une madone. Comme Jeanne, Carine avait empli une petite boîte de sable. Assise non loin de Marc, elle attendait qu'on reparte.

Je contemplais l'horizon : ciel bleu, palmiers rachitiques, massifs de montagnes rabotés par les années et les intempéries. L'odeur de laurier était forte, mélangée à un fumet de terre mouillée. Pourtant tout était si sec. Un olivier, aux petites feuilles blanches de poussière et au tronc craquelé, avait poussé entre deux bâtisses en ruine. Ses fruits piétinés sur le sol étaient la seule preuve qu'il y avait eu un jour de la vie. Près des véhicules, les hommes s'agitaient. C'était le signal du départ. Juste avant de quitter les lieux, sans réfléchir et comme Jeanne et Carine venaient de le faire, j'ai ramassé une poignée de sable que j'ai glissée dans mon bagage.

Nous avons franchi le check-point du camp de base au milieu de l'après-midi. Encore une nuit dans le préfabriqué tiède puis ce serait le retour en France. Alors que, penchée sur mon lit de camp, je vidais le sable tombé au fond de mon sac dans la pochette en plastique, Gauvin s'est présenté à la porte du hangar.

— Le colonel veut vous parler. Si vous voulez bien me suivre.

À l'exception du halo jaune d'une lampe-tempête qui pendait au plafond, le préfabriqué du lieutenant-colonel Leclerc baignait dans la pénombre. Trois mouches empesées de chaleur dansaient une molle sarabande autour de l'ampoule brûlante et parfois un bruissement d'ailes précipité indiquait que l'une d'entre elles venait de frôler la mort. Une forte odeur de moisi flottait dans l'espace étroit.

Après avoir congédié son subalterne d'un signe de tête, Leclerc m'a fait asseoir sur une chaise pliante et s'est installé en face de moi, sur son lit de camp.

— Madame Delmas, j'ai constaté que les femmes de nos défunts soldats vous écoutent. Je ne suis pas étonné que Cédric vous ait choisie. Cela va peut-être vous paraître étrange, parce que vous êtes une femme, une civile, mais vous lui ressemblez.

En prononçant ces derniers mots, Leclerc avait baissé la tête. Par pudeur ou de peur de croiser mon regard. Pourtant, il n'y aurait vu qu'une infinie reconnaissance.

Tandis que Leclerc s'exprimait, j'ai remarqué que la gestuelle dont il avait usé pour nous parler la veille avait disparu. Sans doute réservait-il cela à ses interventions en public ou pour ses soldats. Biaggi l'avait tenu au courant du scandale médiatique monté autour de la visite d'Alain Lachaille et des menaces de procès. Revenir en France, c'était se confronter à ce monde civil devenu hostile et dont notre groupe était devenu le symbole. Je comprenais son désenchantement. Ce que je saisissais surtout depuis que j'étais ici, c'est que les journalistes, mais aussi Myriam, Catherine et Marc, faisaient fausse route à vouloir appliquer à la guerre les règles de la paix. À plaquer sur un monde de rigueur et de danger les recettes caricaturales d'une société civile ayant perdu le goût du sang. Leclerc a haussé la voix :

— Je vous en prie, faites en sorte qu'ils arrêtent leur enquête stupide ! C'est la guerre ici, pas un jeu de piste !

Comme je continuais à me taire, le lieutenant-colonel s'est éclairci la gorge puis a repris plus calmement :

— Cela fait à peu près deux heures que la femme de Thierry, celle de Jeff et les parents de Thomas fouinent un peu partout dans le camp.

Quinze minutes plus tard, j'étais étendue sur mon lit de camp. Mes reins me faisaient mal, j'avais les jambes lourdes. J'ai pris mon sac à dos que j'ai glissé sous mes pieds puis j'ai fermé les yeux. Sans parvenir à dormir.

Une heure à peine venait de s'écouler quand j'ai entendu des moteurs pétarader. Après une entrée fracassante dans la base, plusieurs véhicules, probablement des 4 × 4 et des blindés, roulaient à allure modérée à une centaine de mètres de notre bâtiment. Le bruit a cessé. C'était certainement la fin d'une mission pour un groupe de commandos, un de ceux qui, comme celui de Cédric il y a un peu plus de trente jours, avaient quitté le camp avec une hâte mêlée d'appréhension. Il était parti au milieu de la nuit. Les trois quarts ignoraient qu'ils ne reviendraient pas. S'étaient-ils doutés de quelque chose au moment de franchir une dernière fois le check-point ? Je n'avais pu parler à Cédric sur Skype qu'une semaine avant leur départ. Il m'avait fait son rapport habituel. Habilement flou. Les soldats qui s'extirpaient de leurs véhicules avaient de la chance. Ils étaient indemnes, ils étaient vivants. Ce soir, ce serait relâche. Un repas chaud, peut-être une douche, une nuit de sommeil. La vie, encore. Jusqu'à la prochaine mission.

J'ai jeté un coup d'œil à ma montre. J'avais repris cette habitude depuis que le colonel Biaggi avait confisqué nos téléphones portables. Le geste, peu familier, me donnait l'impression d'être devenue une autre femme. Avec de nouvelles habitudes comme celle de consulter son poignet pour se repérer sur l'axe du temps. Bientôt dix-neuf heures. Nous étions attendus pour le dîner dans une quinzaine de minutes. Alors que je me dirigeais vers la salle d'eau pour me rafraîchir le visage, j'ai entendu du remue-ménage derrière moi. Je me suis retournée et ai croisé le regard du brigadier Gauvin qui semblait chercher quelque chose.

— Mesdames, monsieur, a-t-il commencé sans cesser de balayer la pièce où l'obscurité était tombée, l'état-major vous fait savoir qu'en raison d'un imprévu, le dîner sera servi plus tard. Je reviendrai vous chercher.

J'avais fini de faire mon sac, Myriam fumait dehors. C'était la première fois que je la voyais fumer. J'ai pensé à la maladie de Thierry. Était-ce du courage ou de la lâcheté de n'avoir rien dit à sa femme ? Elle ne le saurait jamais. Marc s'était assis sur son lit. Il écrivait dans un petit calepin relié de cuir noir. Catherine, qui se tenait debout devant l'une des fenêtres du préfabriqué, fixait le décor de bâtiments militaires et de véhicules kaki sans probablement y voir rien de plus que l'image de son fils.

Carine et Manon étaient enfin revenues, chacune de leur côté. Rien n'indiquait qu'elles avaient passé les dernières heures ensemble. Jeanne, toujours isolée, finissait comme moi d'enfouir ses affaires au fond d'un large sac noir. Cela faisait plus de vingt-quatre heures que nous vivions ensemble dans un silence presque total.

Depuis notre arrivée, je n'avais avalé que du riz, du poulet et des légumes. Ici, nous avions surtout soif. Leclerc nous avait dit qu'en moyenne, en dehors des missions sur le terrain, les soldats buvaient trois à quatre litres d'eau par jour. À peine absorbée, la moitié du liquide partait en sueur. Les odeurs de kérosène, d'huile de vidange, de sable, de terre et, de temps à autre, d'agneau ou de poulet grillé qui imprégnaient le camp décuplaient l'envie de boire. Et plus encore le désir animal de se plonger dans une eau fraîche, une eau pure, celle d'une oasis dont je croyais parfois voir les palmeraies grasses émerger dans le lointain. Un mirage. Je buvais autant que possible mais cela semblait inutile. Cette eau minérale, dont la tiédeur faisait remonter dans la bouche un goût de fer et de sang, ne servait qu'à amplifier la soif. Il me semblait que cette eau sirupeuse était un leurre. J'aurais pu m'abreuver encore et encore, jusqu'à me donner mal au ventre, que je n'aurais gardé au fond de la gorge qu'un goût de poussière.

Il était près de vingt et une heures quand nous nous sommes installés sous la tente pour le dîner. Prazic nous a fait nous asseoir puis deux caporaux ont apporté le plat de poulet et de riz auquel je m'étais déjà habituée. Leclerc et Biaggi, ainsi que les deux journalistes, manquaient à l'appel. Prazic paraissait soucieux. Après avoir promené son grand corps autour de la table, il a fini par prendre place. De nouveau la rigidité de ses mouvements m'a frappée. Assez vite, la conversation a porté sur notre retour. Cela faisait deux jours que j'avais quitté les enfants. Je ne les avais pas eus au téléphone. Ils me manquaient. Pourtant, j'éprouvais un sentiment d'absurdité. De peur aussi. À quoi bon ce voyage s'il n'avait servi qu'à rapporter du sable et quelques images exotiques ? Affronter le regard plein d'espoir de mes trois fils était au-dessus de mes forces. Alors quoi ? Inventer une nouvelle histoire ? « *Papa doit finir quelque chose d'important.* » « *Papa m'a dit qu'il avait hâte de vous voir.* » Combien de temps le film d'horreur allait-il durer ? Combien de temps allais-je tenir ? Entre deux cuillères de riz avalées sans mâcher, Prazic posait une question. Une bouchée, une question. C'était son rythme. Notre compagnie semblait le mettre mal à l'aise. « Alors, tu t'es décidée à nous suivre pour le procès ? » a demandé Marc à Carine. La jeune femme s'était assise à la droite de Prazic, sans doute dans l'espoir de continuer à poser ses questions. Marc avait parlé à voix haute, exprès pour que le lieutenant-colonel l'entende. C'était de la provocation. Lui-même n'avait plus l'air d'y croire. Il y avait quelque chose de pathétique dans ce refrain judiciaire. Particulièrement ce soir, dans ce camp retranché au cœur d'un obscur pays, alors qu'à quelques kilomètres de là des hommes et des femmes se faisaient massacrer…

Au milieu du repas, j'ai entendu un bruit de moteur. Prazic s'est levé à la hâte. Il a repoussé sa chaise tandis que dehors le vacarme s'intensifiait. Éclats de voix, ordres indistincts donnés d'un ton rauque. Ils se sont atténués quelques secondes, le temps que Prazic se dirige vers l'entrée de la tente, puis se sont à nouveau amplifiés. Le colonel Biaggi et le lieutenant-colonel Leclerc ont soudainement surgi dans la nuit.

Le chef de corps du Treize s'est approché d'un pas rapide. Il a posé ses deux mains sur le dossier d'une chaise libre et s'est penché sur notre table. De ses yeux cernés filtrait une grande agitation. J'ai senti son souffle court sur mon visage.

— Madame Delmas, pardon d'interrompre votre repas, mais si vous voulez bien nous suivre…

C'était ma deuxième nuit en Syrie. Dehors, la pénombre et l'air sec me firent du bien. Le temps de grimper dans le véhicule blindé du colonel, l'anxiété avait laissé place à de l'impatience. Que se passait-il ?

Au-delà des murs, l'obscurité était totale. Pas de lumières de ville comme repère familier. Pas de phares de véhicule vrillant l'horizon ou ondulant sur les sentiers. Peut-être un éclair vacillant comme une bougie, un carré de fenêtre clignotant dans une ferme isolée. Même cette vision était incertaine. Plus proche, je sentais la vie du camp frémir. Des ombres passaient d'un bâtiment à l'autre, un groupe de soldats discutait au milieu de trois véhicules militaires garés en étoile et reliés les uns aux autres par des câbles électriques. L'un d'entre eux, torse nu offert aux étoiles, s'était allongé sur un capot. Une main passée sous la nuque, l'autre posée sur le ventre, il fumait. Un autre soldat, accroupi entre deux jerricanes d'essence, peau carbonisée, mains épaisses, écoutait de la musique tout en nettoyant son arme.

Nous nous sommes garés devant le préfabriqué du lieutenant-colonel. L'odeur de moisi y régnait toujours, mais la lampe-tempête avait changé d'emplacement. Elle se balançait désormais au-dessus de son lit. Leclerc a extirpé de derrière une grosse armoire en fer deux autres chaises pliantes et le colonel et moi nous sommes assis. Du lit a jailli une voix que je n'avais jamais entendue.

— C'est vous, Clémence ? Cédric m'a parlé de vous. En fait, il ne parlait que de vous.

Je n'ai pas eu le temps de répondre quoi que ce soit. Je n'étais même pas certaine d'avoir réellement entendu les mots que cet homme émacié, aux yeux fiévreux, venait de prononcer. D'un geste de la main, Biaggi a fait signe au soldat de lui laisser la parole. À côté de moi, Leclerc pianotait sur un petit ordinateur.

— Madame Delmas, permettez-moi de vous présenter le brigadier Alexis Perrier, du 13e régiment de dragons parachutistes. Des équipiers, qui revenaient de deux jours de terrain, l'ont récupéré à moitié mort à proximité de la base. Sans eux, je ne suis pas certain qu'il aurait survécu un jour de plus ! Il a eu beaucoup de chance.

Gauvin s'est levé pour éponger le front du soldat puis lui a tendu la bouteille d'eau. Leclerc tapait toujours sur son écran tactile. Cela ressemblait à des coordonnées géographiques. Des cartes en relief. Des lignes de chiffres, en rouge et en vert, s'affichaient à la vitesse de l'éclair sur l'écran noir... Biaggi continuait à parler, Perrier à se taire. J'ai entendu mon cœur s'emballer. Ma respiration m'était devenue étrangère.

Une sonnerie, comme un sonar, a brusquement empli le préfabriqué. Leclerc a sorti de sa poche un petit téléphone noir, puis a poussé la porte. Il a disparu dans l'obscurité. Je l'ai entendu prononcer des phrases indistinctes. Biaggi a repris la parole :

— Nous venons de vérifier son état général à l'infirmerie. Il y passera la nuit avant d'être rapatrié en France.

Biaggi avait l'air heureux. C'est la réflexion qui m'est venue à l'esprit en l'écoutant égrener le flot d'informations que mon cerveau percevait sans les intégrer. Heureux comme le père du fils prodigue.

Quand Leclerc est revenu dans son bureau, il a renvoyé Gauvin. Celui-ci s'est approché du brigadier et il lui a administré une tape amicale sur l'épaule.

— Remets-toi, vieux, et à demain !

Perrier a esquissé l'ombre d'un sourire, a tenté de se pencher en avant pour lui serrer le bras, mais a été stoppé dans son élan. Le sourire est devenu rictus, grimace de douleur tandis que ses deux mains creusaient ses tripes.

Gauvin a pris les ordres de la nuit puis a quitté les lieux après avoir salué les deux officiers.

Leclerc s'est assis près de Perrier et lui a donné un cachet.

— Brigadier, je vous laisse répéter à madame Delmas ce que vous nous avez dit.

— Madame Delmas, je suis le brigadier Alexis Perrier, troisième escadron de combat du Treize, groupe trois sous les ordres de l'adjudant Cédric Delmas.

La voix du brigadier s'est éraillée tandis qu'il se perdait dans une foison de détails techniques prononcés avec une rudesse qui sonnait faux entre ses lèvres fendillées. Ce n'est qu'à la fin de cette longue liste qu'il a prononcé d'une voix transformée :

— Madame, Cédric est vivant !

J'ai ouvert la bouche. Aucun son n'en est sorti. Cette simple phrase a rayonné en moi comme une explosion de joie. Un mélange onirique. Le refus et le désir de croire se mélangeaient.

— Calmez-vous, respirez tranquillement, m'a ordonné le colonel.

Leclerc s'est éclipsé une minute pour apporter une nouvelle bouteille d'eau. Il a échangé un regard avec Biaggi.

— Madame Delmas, le brigadier doit se reposer. Je vous raccompagne.

Étendue sur mon lit, un peu plus tard dans la nuit, je fixais le plafond de notre logement provisoire sans parvenir à dormir. L'homme que les deux officiers m'avaient présenté avait l'air d'un mort-vivant. Désarticulé. Ses vêtements étaient ocre de terre, jaunes d'urine, auréolés de sueur, de grandes traces crayeuses qui, à chaque geste fébrile, avaient projeté dans l'air l'empreinte de la peur. Son visage aussi revenait de loin. Son front et le haut de ses joues étaient maculés de sang. Contrairement aux crânes rasés des soldats de la conventionnelle, les soldats des forces spéciales arboraient souvent une mèche épaisse et une barbe de deux ou trois jours. Dans le cas de l'homme que j'avais vu écroulé sur le lit de camp de Leclerc, la barbe devenue drue et les cheveux collés sur le crâne par la transpiration lui donnaient une allure christique.

Leclerc avait escorté le brigadier jusqu'à l'infirmerie avant de me reconduire sous la grande tente. Il m'avait proposé de me ramener directement dans le hangar. J'avais l'air défaite. C'est ce qu'il avait dit. « Madame Delmas, vous ne voulez pas aller vous coucher tout de suite ? Vous avez l'air défaite. » Son visage amaigri avait repris des couleurs. J'avais refusé, je voulais la vie, le bruit, même les plaintes des autres femmes et le visage renfrogné du père de Thomas. Plus rien ne pouvait m'atteindre. Jeanne s'était doutée de quelque chose. Elle avait posé sur moi un regard interrogateur. D'une voix que j'avais voulue aussi sobre que possible, j'avais prononcé les trois mots magiques.

« Cédric est vivant. »

La jeune femme m'avait serrée dans ses bras. Carine s'était jointe à nous. Elle avait posé sa main sur mon ventre.

De l'autre côté de la table, Myriam avait blanchi. Elle s'était levée sans parler. Catherine et Marc l'avaient suivie. Le visage de Manon s'était crispé tandis que Jeanne se retirait peu à peu du cocon de chaleur que nous avions formé. Son corps était devenu mou, ses bras étaient retombés sur ses flancs. Elle avait parlé d'une voix lointaine. Elle était tellement heureuse pour moi.

J'ai réfléchi toute la nuit, impossible de dormir. Quand je me suis levée, il était trois heures du matin. Debout devant la porte du hangar, j'ai humé la masse d'air chaud qui comprimait le pays. Cela sentait le pétrole. L'activité du camp ne connaissait pas de répit. Au contraire. Le soir venu, la base était le théâtre d'opérations clandestines dont seule une discrète rumeur était perceptible. J'entendais le cliquetis des armes des sentinelles équipées de lunettes de vision nocturne. Une caravane de véhicules traversait le camp, roulant au pas. Les 4 x 4 blindés et les véhicules de transport de troupes couleur sable disparaissaient derrière deux gros camions-citernes. Ils ont réapparu vingt minutes plus tard, soulevant des nuages de poussière.

Je suis revenue dans le hangar pour quelques heures de sommeil durant lesquelles le visage d'Alexis s'est substitué à celui de Cédric. Je me suis réveillée troublée. Pendant quelques secondes, j'avais perdu la mémoire des traits de mon mari. Ne subsistait plus dans mon cerveau que le faciès cadavérique du brigadier. J'ai traversé le préfabriqué pour me passer de l'eau sur le visage. Une des fenêtres laissait entrevoir, au-dessus des constructions provisoires, au-delà des murs du camp, le pays asséché. À part dans le lointain où les montagnes usées ressemblaient à des croupes, il n'y avait rien à plusieurs kilomètres à la ronde. Ni homme, ni bétail. Seulement un désert parsemé d'une végétation aride qui peinait à vivre. Cédric n'était pas loin. Voyait-il le même ciel que moi ? Entendait-il les mêmes bruits ? Le visage sous le mince filet d'eau tiède, j'ai pleuré.

La grande tente était tapissée d'un éclairage électrique blafard qui faisait aux soldats un teint verdâtre, leur donnant davantage l'air de revenir d'un hospice que de la guerre. Une vague odeur d'eau de Javel, de soupe recuite et de café dilué accentuait cet effet. Des rayons de poussière obliquaient entre les tables et les chaises. Des soldats, probablement des Américains, buvaient leur breuvage là, debout, en tenue de sport. J'ai tout de suite repéré Leclerc et Biaggi. Penchés sur un ordinateur portable, les deux officiers étudiaient une carte. Un homme que je n'avais jamais vu était avec eux. Il détonnait au milieu des soldats. Ce n'était pas parce qu'il était en civil. La plupart des forces spéciales ne portaient pas l'uniforme, ou alors des treillis au camouflage local, comme celui des peshmergas. L'homme était vêtu d'un jean bleu mal coupé et d'une chemise beige qui flottait autour de son torse. Son visage n'avait rien de particulier. Il possédait les traits réguliers d'un homme proche de la cinquantaine, cheveux poivre et sel, taille moyenne.

Je les ai rejoints d'un pas rapide. Évanouie, la fatigue de l'insomnie. Il me restait une heure avant que les femmes ne se réveillent. Les soldats en tenue de sport m'ont saluée d'un signe de tête discret tout en avalant une dernière gorgée de leur café au goût de poussière, puis sont sortis de la tente. Je les ai vus s'éloigner à petites foulées.

— Madame, a prononcé Leclerc en refermant d'un claquement sec son ordinateur, vous êtes bien matinale. Vos affaires sont prêtes ?

Je m'étais préparée à garder mon calme. N'avais-je pas maintenant l'habitude de leurs étranges méthodes ? À l'intérieur, je bouillais. Comment pouvait-il être aussi hypocrite ? Et surtout, comment pouvait-il croire que j'allais quitter le pays maintenant que je savais Cédric vivant ?

— Colonel, il faut que je revoie le brigadier Perrier, c'est lui qui a vu mon mari pour la dernière fois, je ne peux pas partir sans lui avoir parlé !

Leclerc et Biaggi se sont regardés. C'est Leclerc qui m'a répondu :

— Je suis désolé, madame Delmas, votre place n'est pas ici mais auprès de vos enfants. Je peux vous assurer que nous mettons tout en œuvre pour localiser votre mari, nous tenons autant que vous à le retrouver vivant !

J'ai frémi. C'était faux. Comment pouvait-il tenir autant que moi à Cédric ?

— Colonel, je suis désolée, mais je ne bougerai pas.

L'inconnu que ni Leclerc ni Biaggi ne m'avaient présenté est intervenu d'une voix coulante :

— Un débrief aura lieu cet après-midi avec les lieutenants-colonels Leclerc et Prazic, si vous souhaitez y assister, ce sera en notre compagnie. Demain en revanche, il faudra partir. Comme ces messieurs l'ont déjà dit, votre place est auprès de vos enfants.

Devant mon regard interrogateur, l'homme a précisé quelle fonction il occupait, sans dire son nom. Plus il parlait, plus j'éprouvais une sensation étrange. Intonations dures, mais timbre de voix enrobé d'une liqueur faite pour soûler. Il arborait par ailleurs un sourire excessivement jovial, comme s'il présentait un numéro de cirque permanent. Ce que j'ai saisi, c'est qu'il appartenait à la DGSE[1]. J'ai accepté ses conditions même si tout me semblait depuis l'aurore d'une lenteur insupportable. Il a été décidé que je ne quitterais le pays que le lendemain, avec le lieutenant-colonel Prazic.

L'entretien s'est déroulé peu après le départ des femmes et des parents de Thomas, escortés par le colonel Biaggi. Personne ne m'a dit au revoir à l'exception de Carine et du colonel qui m'a serrée dans ses bras avec force. Entre temps, Alban Viguier et Tony Molinier étaient réapparus. « Ils vont probablement vous demander pourquoi vous restez, a lâché Prazic en m'emmenant, trouvez quelque chose mais je vous en prie, ne dites pas qu'un de nos hommes est vivant et l'autre prisonnier ! » J'ai compris alors que la

1. Direction générale de la sécurité extérieure.

consigne avait été d'éloigner les deux journalistes jusqu'à leur départ.

Je n'ai pas eu besoin de trouver d'excuse. Quand, à sept heures du matin, deux peshmergas sont venus chercher le colonel Biaggi, Viguier, Molinier, les parents de Thomas et les veuves pour les conduire en 4 × 4 jusqu'à la piste de décollage où l'Hercules les attendait, Carine a esquissé d'une main ferme un geste d'adieu dans ma direction tandis que les autres enfilaient leurs lunettes noires. Le colonel a été le dernier à grimper dans l'un des deux véhicules. Il m'a regardée longuement. J'ai cru qu'il allait crier quelque chose, mais aucun son n'est sorti de sa bouche. Les turbines de l'avion faisaient un tel bruit que je n'ai pas entendu ce qu'il a dit à Viguier qui, penché sur son épaule, lançait un regard interrogatif dans ma direction. Cinq minutes plus tard, l'avion décollait.

Le brigadier Alexis Perrier nous attendait à l'infirmerie. Je l'ai observé quelques secondes. C'était un grand brun dont la silhouette puissante me faisait penser à celle de Cédric. Les traces de coups et les éraflures n'avaient pas réussi à le défigurer complètement. La veille, je n'avais pas fait attention à son visage aux traits réguliers, ses lèvres épaisses, sa mâchoire carrée. Sous le teint livide, Perrier était un bel homme. L'équipe de nuit l'avait perfusé. Les tuyaux transparents émergeaient d'un T-shirt blanc que Gauvin l'avait aidé à enfiler et qui ressortait sur sa peau brune. Hier il portait encore les vêtements de sa captivité. Manches longues, pantalon. Je n'avais pas remarqué que ses bras étaient recouverts de cicatrices et d'ecchymoses. De grandes traces rosâtres s'étalaient également sur ses clavicules, sur ses épaules et sur ses bras, comme si on l'avait ébouillanté. Devant mon regard soucieux, le lieutenant-colonel Leclerc m'a expliqué qu'il s'agissait d'eczéma, une maladie de peau que les prisonniers développaient fréquemment.

Le lieutenant-colonel Prazic a congédié l'infirmier de garde, un Calédonien de près de deux mètres de haut. Le civil de la DGSE a pris place sur une chaise à côté de moi. Il s'est installé confortablement puis, les bras croisés sur la poitrine, a demandé au soldat de faire le récit des dernières semaines.

— Mais j'ai déjà tout raconté au colonel hier, a protesté Alexis d'un air d'épuisement tel que j'ai soudain éprouvé de la pitié pour lui.

Pourtant, pendant la nuit, j'avais ressenti de la haine en songeant qu'il était désormais en sécurité alors que Cédric était toujours prisonnier.

— Hier, je n'étais pas là, camarade, a rétorqué l'homme de la DGSE. Et tu comprendras que madame Delmas ici présente veuille en savoir plus !

Toujours ce ton coulant, mais des mots sans chaleur. Les lèvres fines de l'agent de la DGSE remontaient vers ses oreilles quand il parlait. Faux sourire, qui n'étincelait guère dans ses yeux. Je ne saisissais pas pourquoi Perrier était traité de cette manière. Ce dernier s'est mis à parler. Ce récit, je l'avais déjà entendu dans la bouche de Fabien et de Jean-François. Prazic lui a jeté un regard d'encouragement supposé atténuer la sécheresse de son acolyte, puis est sorti de l'infirmerie.

— Le 21 août dernier, en début de soirée, nous avons quitté le camp de base en hélicoptère. Il y avait Cédric, Thierry, Jeff, Franck, Thomas, Jean-François, Fabien et moi-même. Le major Thierry Martin commandait la mission, il nous a dit qu'on aurait environ trente minutes de vol à l'issue desquelles on serait largués à quatre heures de marche de la zone de déni d'accès.

Perrier s'exprimait d'un ton monocorde, comme s'il récitait une morne poésie apprise par cœur. Mais sans doute était-ce l'épuisement. Il était parfois pris de frissons malgré la température élevée qui régnait dans le préfabriqué. Ses mains abîmées par des écorchures semblaient animées d'une vie propre lorsqu'il se frottait le cou ou bien les avant-bras jusqu'au sang.

— On avait tous sur le dos notre équipement, de quoi tenir plusieurs jours d'observation en rations de survie, et des armes. Juste de quoi riposter, rien pour attaquer. Ce n'était pas le but de l'opération.

Cette dernière phrase prononcée, il a tourné la tête vers l'agent de la DGSE, puis vers Leclerc. Ce dernier l'a prié de poursuivre.

— Je me souviens qu'on était tous très silencieux. Depuis notre arrivée en Syrie début juillet, c'était la première mission qu'on menait dans un coin vraiment hostile. La zone qu'on était supposés observer était située dans une poche de Daesh extrêmement dangereuse. Un mois auparavant, un groupe de terros avaient crucifié des enfants kurdes le long de la piste rocailleuse qui y menait. C'était un genre de bled à moitié fracassé. Il y avait des vieilles masures éboulées, ça sentait le purin. Le lieutenant-colonel Leclerc nous avait prévenus avant de partir, cet endroit puait la mort. Juste avant de sauter en parachute, le major Martin a répété la consigne : il fallait qu'on rapporte au commandement du renseignement exploitable, si possible des noms de chefs, des signalements précis.

Cette tirade semblait l'avoir exténué. Perrier a fait une pause, bu un peu d'eau puis croqué dans une barre énergétique.

— Le temps qu'on atterrisse, qu'on range nos parachutes et qu'on commence à se planquer, il était quatre heures du matin. On ne savait pas combien de temps on allait rester. En général, ce type d'opération dure quatre jours, mais peut aussi se prolonger sur quinze jours. Là, on n'avait pas d'instructions précises.

De nouveau, il s'est arrêté et a jeté un coup d'œil interrogatif vers Leclerc.

— Je raconte la suite, mon colonel ?

J'ai vu le civil de la DGSE et Leclerc se regarder d'un air entendu, comme si ce point de détail avait déjà été abordé plus tôt, puis le lieutenant-colonel a répondu :

— Continue.

— Ça faisait à peine trois heures qu'on était installés quand il y a eu du mouvement en contrebas du bourg. Il était sept heures du matin, peut-être un peu moins. Il y avait une clarté bizarre, presque lunaire. Deux pick-up blindés et une vieille Peugeot 404 ont débarqué dans le bled, bourrés de djihadistes. Quand ils sont sortis de leurs véhicules, on a vu que c'étaient des mecs jeunes, dix-huit à quarante ans maximum. Des vraies gueules de petites frappes, mais c'est exactement ce à quoi on s'attendait. Tous portaient des survêtements et des chaussures de sport. Il y en avait une dizaine environ. Certains avaient des foulards sur la tête, d'autres juste une casquette. Tous tenaient une kalachnikov à la main. Seuls trois d'entre eux portaient la barbe, le saroual et le qamis. La tenue traditionnelle salafiste, a-t-il précisé en me jetant un regard.

Dix hommes, venait de dire Alexis. Parmi eux se trouvaient les djihadistes qui avaient séquestré Cédric. Un filet de voix faible, presque un murmure, s'échappait désormais de la bouche du brigadier. Cette confession lui ôtait ses dernières forces, mais je ne ressentais plus aucune pitié. Mon corps était tendu vers l'hypothétique révélation qui allait forcément jaillir des lèvres craquelées du soldat. Je sentais mon visage se fermer en même temps que mon regard s'agrandissait.

— Ensuite ? ai-je chuchoté précipitamment.

Perrier a levé la tête. Il y avait de la peur dans ses yeux. Un effroi rétrospectif mêlé à un sentiment nouveau qui était la crainte que je lui inspirais.

— Ensuite, on a effectué notre mission. Moi, j'étais chargé de prendre des photos et des films. Les djihadistes ne sont pas restés longtemps sur zone. La journée du 22 août, on les a vus déterrer une cache d'armes sous les décombres des maisons du village abandonné, puis ils sont partis en début de soirée. Six jours plus tard, au matin, on était toujours là. Il ne s'est rien passé de spécial jusqu'au soir.

Sentant son trouble, Leclerc a posé une main paternelle sur les épaules rosies par les taches d'eczéma de son sous-officier. Cet homme n'aimait que ses soldats.

— C'est à ce moment-là que l'attaque a eu lieu. Je ne sais pas si c'étaient les djihadistes qu'on avait repérés la veille ou l'avant-veille, je n'ai pas vu d'où venaient les tirs de snipers. Ça canardait de partout comme si on avait été encerclés, ce qui a probablement été le cas. Certains tiraient au lance-roquettes, d'autres à la kalachnikov. Je n'avais jamais entendu autant de vacarme de ma vie, pourtant, ce n'était pas ma première mission. Là, il y avait quelque chose d'hystérique, de disproportionné ! On était seulement huit équipiers mais j'ai eu l'impression qu'ils tiraient comme si on était une armée entière ! J'ai vu Fabien et Jean-François tomber devant moi, à quelques dizaines de mètres, j'ai cru qu'ils étaient morts. J'ai hurlé mais je n'entendais même pas le son de ma voix. C'était comme si quelqu'un m'avait arraché les cordes vocales. Je me suis retourné. Il y a eu une explosion, j'ai senti une odeur de chair brûlée. Puis une seconde qui m'a propulsé au fond de mon trou. C'est la dernière chose dont je me souviens.

— Tu ne te rappelles pas t'être fait capturer ? a demandé Leclerc après avoir laissé quelques minutes de répit au brigadier.

— J'ai perdu connaissance. Quand je me suis réveillé, il n'y avait plus de bruit. Que de la fumée et une odeur de viscères, de sang et de poudre que je n'oublierai jamais. J'avais le visage collé à la terre. J'ai essayé de fusionner avec la rocaille, de me fossiliser pour ne pas me faire remarquer. C'est absurde mais l'espace de quelques secondes, j'ai vraiment cru qu'à force de peser de tout mon poids sur le sol, j'allais être absorbé. Un des djihadistes s'est détaché de son groupe. Un observateur, un retors. Le chef. Je ne sais pas s'il a vu ma paupière vibrer, mon corps se soulever. Je n'arrivais pas à ne pas respirer. J'ai entendu un dernier *Allah akbar* psalmodié au-dessus de la dépouille de nos gars. Quelques secondes plus tard, j'avais un sac en toile sur la tête et les mains liées dans le dos. On m'a traîné dans un véhicule qui est tout de suite parti. Je ne savais pas que Cédric se trouvait là aussi, j'étais terrorisé. Il me semble qu'on a roulé pendant des heures. À un moment, le pick-up s'est arrêté. J'ai senti que je n'étais pas le seul à avoir été fait prisonnier. Il y avait une présence à côté de moi, mais je ne pouvais pas voir qui c'était, j'avais toujours le sac de toile sur la tête. On nous a fait sortir et marcher quelques minutes. Je devinais qu'il faisait nuit, l'air était encore doux, les sons feutrés. Autour de nous, à part le cliquetis des armes des terroristes et le bruit de nos pieds sur la rocaille, c'était le silence. Ils ont fini par enlever les sacs qui nous masquaient la vue après nous avoir enfermés à l'intérieur d'une geôle souterraine. C'est là que j'ai compris que l'autre otage était Cédric. Quand on s'est vus, on s'est pris dans les bras.

Le village où s'était déroulée l'attaque avait été bombardé le lendemain. Entretemps, les djihadistes s'étaient évanouis dans la nature. Depuis la veille, le lieutenant-colonel Leclerc essayait de localiser leur nouveau lieu de regroupement, à l'aide des fragments d'informations qu'Alexis lui fournissait. La semaine dernière, à la faveur d'un transfert de cellule, le brigadier avait réussi à s'échapper en tuant deux de ses sentinelles. Cela paraissait trop simple. Pourquoi était-ce lui et non Cédric qui serait rapatrié en France ? Il n'avait pas de femme, pas de famille. Ce n'était pas juste.

Il avait marché pendant deux jours. Peut-être trois. S'était-il endormi ? Évanoui ? Avait-il tourné en rond ? Impossible de vérifier. Alexis ne se souvenait que d'une errance désespérée, tenaillé par la peur. La nuit était tombée deux fois. De cela, en revanche, il semblait être sûr. Ou presque. Parfois, ses sourcils se cabraient, son récit ressemblait à un délire. Il fallait bien partir de quelque part. Cédric se trouvait à deux nuits et trois jours de marche lente de notre camp. Toujours sur son petit ordinateur, Leclerc notait tout ce qui sortait de la bouche sèche de Perrier. L'agent de la DGSE, lui, n'écrivait rien. Moi, je m'accrochais à ces deux nuits comme si elles étaient le début d'une piste.

— Le premier jour, après avoir transféré Cédric dans une autre cellule, ils l'ont rasé, a continué Alexis. J'ai compris qu'ils le rasaient à cause du ronronnement de la tondeuse. Au début, j'ai cru que c'était un instrument de torture, un truc vicieux pour couper, ou pour scier. C'est quand je l'ai revu que j'ai saisi. C'était à cause de ses cheveux blonds, facilement repérables avec un drone. Il y avait un Français avec eux. Il avait l'accent marseillais. Il appelait Cédric « Boucle d'or ». J'ai trouvé ça curieux car c'est aussi comme ça qu'on surnommait parfois Cédric dans la section. C'était entre nous, pour rigoler.

L'image de Cédric en train de se faire raser de force m'était insoutenable. Il fallait que je sache.

— Est-ce que vous avez été torturés ?

Le brigadier a ouvert la bouche mais Leclerc l'a devancé :

— Vous savez, madame Delmas, dans le cas d'une prise d'otages, c'est souvent ce qui arrive. Mais sachez que Cédric est entraîné. C'est son travail, même si cela peut vous paraître dur.

Je m'en fichais. Je voulais qu'Alexis réponde. Je sentais qu'il puisait dans ses dernières ressources pour en finir au plus vite avec cet interrogatoire. D'un côté Leclerc s'occupait de lui en lui donnant de l'eau, à manger et en le gratifiant régulièrement de regards encourageants ; de l'autre, il n'esquissait pas un seul geste pour abréger la séance. Je devinais que la présence de l'agent de la DGSE n'était pas étrangère à cette manière brutale d'appréhender le retour d'un de ses hommes. C'est ce moment qu'a choisi

Prazic pour revenir, les bras chargés de nouvelles petites bouteilles d'eau. Il en a tendu une à Perrier.

— Ils nous ont infligé ce qu'ils appellent là-bas *haflat al istiqbal* ou « réception de bienvenue » en français, m'a répondu Perrier. C'est le traitement classique que les prisonniers reçoivent dans les prisons du pays. C'est la même chose en Irak. Les djihadistes se sont approprié la méthode. Selon les groupes et leur humeur, ils l'agrémentent d'ingrédients personnels. Cela peut aller de la suspension à un câble pendant des heures en se faisant insulter, au jet d'eau glacé. Nous, je dirais qu'on a subi la version soft, a-t-il dit avec une ironie triste. À peine arrivés, ils nous ont fouettés jusqu'au sang, puis ils nous ont donné des coups de poing avant de nous entraver le corps dans un pneu afin de nous taper sur la plante des pieds pour qu'on ne puisse plus marcher que sur la pointe. Ça a duré une heure.

Je les haïssais, tous. Ils me répugnaient. Prazic et sa coupe en brosse, son air faussement bonhomme et son timbre de voix nasillard ; Leclerc et son physique passe-partout, la tristesse laconique qu'exhalait chacun de ses pores ; et ce civil de la DGSE qui semblait jouir du chaos. Enfin, il y avait ce soldat diminué par la honte d'être vivant, au chaud, bientôt en France. Je me suis brusquement levée de ma chaise et j'ai saisi les poignets d'Alexis. Il a réprimé une grimace de douleur. Derrière moi, Prazic s'était également levé, prêt à intervenir comme si la demi-veuve d'un de ses hommes était sur le point de se transformer en meurtrière.

— Est-ce qu'il y a eu autre chose ?

Désormais, c'était à mon tour de chuchoter. Alexis s'est doucement dégagé de ma poigne.

— Les jours qui ont suivi, ils se sont contentés de nous donner des coups de pied et de nous jeter le strict minimum à manger, c'est-à-dire quelques pois chiches, des pommes de terre bouillies et du thé. Un soir, quelqu'un est venu nettoyer nos plaies avec du vinaigre et de l'alcool. Après, je ne sais plus, j'ai perdu la notion du temps.

Quand je lui ai demandé pourquoi les terroristes les avaient épargnés, lui et Cédric, Alexis n'a pas su me répondre. Alors que je m'apprêtais à sortir, Alexis m'a retenue par le bras.

— Madame Delmas, je suis désolé que votre mari soit toujours prisonnier. Si vous saviez comme j'ai honte d'être parti sans lui.

Le voyage du retour a été sans souvenirs. L'Hercules m'a ramenée avec d'autres soldats à Villacoublay. J'ai refusé poliment le débrief proposé par le général Drieut aux Invalides. J'avais l'impression d'être partie des semaines. J'étais restée moins de trois jours dans le pays où Cédric avait disparu, pourtant une éternité s'était écoulée. Un laps de temps à l'intérieur duquel j'aurais voulu qu'un miracle se glisse.

Quand le taxi m'a déposée devant la maison, je suis restée figée quelques instants devant la porte, la clé à la main. Il me semblait que dans le jardin, le gazon brûlé avait reverdi, les arbres avaient grandi, le crépi de notre maison blanchi et les pavés de la petite terrasse durci. Cédric serait-il là pour m'accueillir, assis sur le canapé, son visage bronzé penché sur les nuques des garçons, en train de leur lire une histoire ou dans la cuisine pour préparer le dîner ? Le désastre de la guerre avait créé un nouvel espace-temps. J'étais ridicule.

Trois jours en Syrie m'avaient suffi pour comprendre que jamais Cédric n'aurait quitté l'armée. Il en était mordu. Peut-être parce qu'il était issu d'une famille sans histoire et sans Histoire. Son enfance et son adolescence avaient été ordinaires comme celles de ses parents et, probablement, de ses grands-parents. Avant de s'engager dans l'armée, Cédric avait vécu l'ennui de ces jours trop lents qui avaient composé ces années trop longues, comme un drame insupportable dont il lui avait absolument fallu se soustraire, sous peine de crever. Il lui fallait racheter la faute de cette famille modeste qui se contentait d'exister sans vivre et dont les membres rejoindraient bientôt la cohorte de ceux qui disparaissent un jour sans laisser de traces.

Cédric voulait devenir un héros. Quitte à en crever, quitte à ce qu'on le marque au fer rouge, qu'on lui maintienne la tête sous l'eau croupie d'une vieille bassine en fer pour qu'il crache enfin l'inavouable. Quitte à faire du reste de ma vie un océan de douleur.

Ma mère était allée chercher les enfants à l'école puis les avait fait goûter avant de les envoyer dans leurs chambres. Elle ne m'avait pas entendue rentrer. Je suis restée quelques minutes debout dans le vestibule. Les deux douches rapides prises en Syrie étaient un lointain souvenir. Les enfants jouaient à l'étage. Lucas et Arthur hurlaient comme des coyotes. Des éclats aigus, presque hystériques. Je ne pouvais m'empêcher de sourire. Cela devait faire un moment qu'ils se disputaient. Basse, presque grave malgré ses dix ans, la voix d'Alexandre était à peine perceptible. Mon aîné peinait à rétablir un semblant d'ordre dans cette zizanie. Plus proche, je percevais, émanant de la cuisine, des odeurs de nourriture réconfortante. Ma mère avait allumé la radio, ouvert la fenêtre sur le jardin.

Le sable syrien pesait lourd dans mon dos. Mon visage dans le miroir accroché près du portemanteau, cerné de mauve, mes mains brunes sur mes lèvres fendillées. Alors que je vérifiais le courrier posé sur la console de l'entrée, une main s'est posée sur mon épaule. Je n'avais pas entendu ma mère sortir de la cuisine. Elle avait éteint la radio. Les cris des enfants sont devenus plus clairs. « Ma chérie », a-t-elle chuchoté, et j'ai vu dans ses yeux grands ouverts la même prière que celle du brigadier Perrier. Comme lui elle voulait l'absolution, ou le miracle. Que tout malheur soit exterminé. Que je dise que rien n'était grave, que tout allait bien, que le cauchemar était terminé.

— Ma chérie, viens t'asseoir dans le salon et raconte-moi tout.

Je n'avais rien envie de raconter. J'étais ingrate. Je voulais qu'elle reparte à Bordeaux, qu'elle me laisse seule avec les enfants.

— Maman, je suis désolée mais je sens horriblement mauvais, je vais embrasser les enfants et prendre une douche.

Il n'y avait rien à rajouter. Elle avait l'air infiniment triste. Tandis que je montais à l'étage, me disant que c'était bien la peine de joindre le chagrin au malheur, j'ai entendu qu'elle retournait à la cuisine. Elle a rallumé la radio et un air de jazz fumé s'est répandu dans tout le rez-de-chaussée.

— Maman ! a hurlé Arthur en se jetant dans mes bras à peine avais-je effectué un premier pas dans la chambre de mes deux derniers, tu es revenue !

Déjà Lucas escaladait le dos de son petit frère pour mieux atteindre mes joues, véritable pyramide de chair à laquelle Alexandre a fini par se coller, ses yeux clos scintillant de larmes. Une bouffée de bonheur m'a submergée. Un mélange d'amnésie et de douceur. Quels que soient les événements, ces trois corps-là étaient tangibles. Ils remuaient, légers, riaient, insouciants, et leurs regards sur moi, même tristes, même pleins de larmes, me rappelaient à mon devoir. Alexandre a interrompu mes pensées :

— Papa n'est pas avec toi ?

Je n'ai pas eu le temps de lui répondre. Arthur a enchaîné tout de suite :

— Papa est mort ? Il est vraiment mort ?

Ni mort, ni vivant. Elle était là, la vraie réponse. Pourtant, en Syrie, quand Perrier m'avait annoncé que Cédric était vivant, j'avais cru que mon cœur allait exploser. J'avais eu envie de danser de joie, de croire aux fins heureuses. Je voulais épargner aux garçons ces montagnes russes émotionnelles. Même si la vie était aussi là, surtout là peut-être. Dans la tragédie. Je voulais gagner du temps. Les protéger encore un peu. C'est grâce à Lucas que j'ai résolu mon dilemme. J'avais beaucoup pensé à lui alors que je peinais à dormir sur mon lit de camp. J'avais imaginé son petit corps anéanti de cauchemars, rêvant qu'il allait aux toilettes et finissant par être réveillé par un filet chaud entre les cuisses. La honte et le mauvais sommeil. La puanteur. J'avais eu envie de le serrer si fort dans mes bras. Lui dire je t'aime, quoi qu'il advienne.

— Maman, est-ce que papa est encore là-bas ? m'a-t-il demandé en levant sa petite tête ébouriffée au-dessus de celle de son frère enfoui dans ma poitrine.

Alexandre m'enlaçait toujours. Nous ne faisions plus qu'un.

— Oui, mon chéri, votre papa est toujours en Syrie. Mais l'armée ne l'a toujours pas retrouvé. Elle continue à le chercher.

Je songeais aux contes pour enfants, aux récits de Cédric, toujours grandiloquents. Son regard sur la vie l'emmenait souvent dans des vertiges fiévreux où s'affrontaient surhommes élus ayant fait le choix des armes et civils émasculés par des existences au rabais. Sa disparition faisait de lui un être à part dont le parcours haut en couleur commençait à façonner leurs jeunes vies. Celui qui était déjà un héros à leurs yeux était en train de devenir une légende.

Au moment de passer à table, je n'ai pas eu besoin de répéter quoi que ce soit à ma mère. Les enfants lui avaient déjà tout raconté quand je prenais ma douche. Après les avoir couchés, je suis restée un moment dans le bureau de Cédric. J'avais déjà retourné les lieux avant de partir. Je n'avais rien découvert. Ni les rangers boueuses, ni les treillis délavés, ni les malles éraflées, ni les affaires que j'avais rapportées du régiment ne parleraient jamais.

*

L'article écrit par Alban Viguier, illustré par les photos de Tony Molinier, a été diffusé quelques jours après notre retour. J'avais oublié leur présence, oublié les photographies, les enregistrements au dictaphone et les notes griffonnées sur un coin de table. Oublié que les veuves et moi ferions bientôt la une d'un hebdomadaire national. Cela faisait six semaines exactement que Jeff était mort et que Cédric avait disparu. C'est Carine qui m'a prévenue de la parution.

Nous nous sommes retrouvées au café de Martignas. Carine avait acheté toute une pile de numéros du journal. Elle m'a tendu un exemplaire, puis a commandé deux cafés. J'ai feuilleté l'hebdomadaire. Le cliché que Tony Molinier avait pris de moi le premier jour de notre arrivée en Syrie ne figurait pas dans le reportage. Ce n'était pas étonnant. Quelle aurait été la légende d'une telle photographie ? « Clémence Delmas, femme de l'adjudant Cédric Delmas, *disparu* lors de l'attaque » ? La photographie la plus belle était celle de Jeanne en train de remplir sa boîte en plastique de sable. Sa nuque frêle opérait un contraste touchant avec la robustesse des soldats qu'on apercevait en arrière-plan, armement et silhouettes musclées bien apparents.

Sur un deuxième cliché, les veuves apparaissaient entourées de Leclerc, Biaggi et Prazic à l'entrée de la base, juste sous le drapeau de la France qui, miracle ou trucage – car je ne me souvenais pas d'avoir ressenti le moindre souffle de vent lorsque la photo avait été prise – flottait.

Les traits des militaires avaient été floutés. Seuls les visages des soldats décédés apparaissaient, petites vignettes sur fond bleu blanc rouge. Il y avait le mari de Carine, Jeff, avec sa bouille rustique de titi de Verdun ; celui de Jeanne, Franck, beau mec ténébreux auprès duquel elle avait toujours l'air d'être une petite chose sans défense ; le mari de Myriam, barbu, costaud – c'était l'ancien ; et enfin Thomas, le compagnon de Manon, le plus jeune. Ce qui frappait en observant ces photographies, c'était leur visage. Tous avaient des gueules, comme on dit. Des faciès pires que vivants : vibrants.

J'ai parcouru l'article. C'était bien écrit. Le sous-texte était évident : la grande famille de l'armée, solidaire dans l'épreuve. Je m'en voulais d'être devenue cynique. En réalité, je ne supportais plus le mensonge. Rien ne filtrait de l'évasion du brigadier Alexis Perrier, et le nom de Cédric Delmas était passé sous silence. Comme si Cédric n'était pas militaire, ni force spéciale, ni jamais parti en Syrie. Un fantôme. Pour le reste, Viguier n'avait pas versé dans le pathos. L'action de l'armée française au Levant était mise en valeur, et le drame du 29 août dernier apparaissait comme un sacrifice utile puisque, depuis, les membres de la coalition avaient riposté et le nombre de zones occupées par Daesh avait encore diminué.

— À quoi tu penses ? m'a interrogée Carine. – J'avais oublié sa présence. – Ton café va refroidir.

J'ai bu une gorgée, puis j'ai reposé la tasse. Le liquide amer et déjà froid me dégoûtait. Depuis que j'étais revenue, une seule chose m'obsédait : combien de temps fallait-il à Leclerc et à ses soldats pour localiser Cédric ?

Les images qui défilaient dans mon esprit étaient insoutenables. Cédric martyr, corps sanglant. Le soir de mon retour, je m'étais renseignée sur les méthodes des djihadistes. Avec Internet, c'était facile. J'avais longuement hésité. Valait-il mieux savoir ou rester dans l'ignorance ? J'avais tranché dans le vif en me connectant sur le site d'Amnesty International. Ce que j'avais lu m'avait révulsée. Les témoignages d'anciens otages étaient insupportables. Daesh rivalisait de cruauté quand il s'agissait de traiter ceux qu'ils considéraient comme des mécréants. J'avais été horrifiée, mais je n'avais pas pu m'empêcher de tout lire. Les mots simples alignés sur mon écran, porteurs de souffrance et de mort, m'avaient hypnotisée. Au moment du rasage, qui se faisait avec des instruments rouillés, les crânes des prisonniers étaient labourés comme une charrue creuse un sillon dans un champ. Peau raclée jusqu'à l'os. Lèvres écartées au couteau, commissures éclatées en un semblant de sourire, dents cassées à coups de poing, douches glacées, dos fouettés, chairs à vif pour que les prisonniers n'aient aucun point d'appui pour se reposer pendant la nuit. Cela allait au-delà de mon intelligence du monde. Alors je lisais, pour tenter de comprendre l'incompréhensible. Comment était-ce possible que Cédric ait été entraîné à subir de telles humiliations et de telles douleurs physiques ?

— Tu sais, Carine, parfois je regrette qu'il ne soit pas mort. Toi et les autres, vous savez au moins à quoi vous en tenir !

Le téléphone a vibré dans ma poche. Toujours le même numéro inconnu derrière lequel je savais désormais que se cachait Sophie Barneville. J'ai décroché. C'était la même voix grave que je n'avais jamais rappelée.

— Bonjour, je suis Sophie Barneville. Nous nous sommes croisées aux Invalides. Je comprends que vous n'ayez pas eu envie de me répondre. J'aimerais vous rencontrer afin de partager des informations. Si vous voulez on peut discuter. Si cela peut vous rassurer, rien ne sortira, je n'ai pas envie d'un procès avec l'armée…

J'ai bafouillé une vague phrase. Elle m'avait cueillie à froid. Elle a repris :

— Alban Viguier est un ami qui m'a raconté votre voyage en Syrie. Moi je n'ai pas pu vous suivre…

— Pourquoi ? ai-je répondu sèchement.

— C'est moi qui ai sorti l'histoire de l'hélicoptère et celle d'Alain Lachaille. Comme vous pouvez l'imaginer, l'armée n'a pas apprécié…, a-t-elle dit, ironique.

Je ne voulais pas qu'elle vienne à Martignas. Trop compliqué, trop visible. J'ai suggéré que nous nous donnions rendez-vous à Bordeaux.

— Voyons-nous au grand café en face de la gare. Quand pouvez-vous venir ?

— Je serai là dans trois heures.

J'ai acquiescé avant de raccrocher. Ses derniers mots tournaient dans ma tête : « Des informations à partager… »

Après avoir dit au revoir à Carine, j'ai pris ma voiture et conduit jusqu'à Bordeaux. J'avais un peu plus de deux heures à tuer. J'ai marché dans la ville comme une somnambule. Depuis le 30 août, mon sommeil était diffracté. Je me levais au milieu de la nuit. J'errais dans la maison. Je faisais des listes. Je me remémorais tel achat, tel déménagement. L'histoire du canapé, du tapis, de la table basse du salon. Je tenais les comptes de notre vie passée. Cela me rapprochait de Cédric. Malgré l'épuisement, l'insomnie revenait inlassablement.

J'ai fini par me diriger vers le café de la gare. C'était l'heure. Sophie Barneville y était déjà, relisant un carnet de notes. Elle s'est levée à mon approche.

— Je ne suis pas censée vous parler, vous le savez, j'imagine ? ai-je commencé de but en blanc.

Elle a répondu du tac au tac d'un air amusé :

— Pareil pour moi. Je ne suis pas censée vous donner ces informations. Si l'armée l'apprend, je peux dire adieu à mes accréditations Défense. Ils me crucifieraient s'ils savaient que je vous vois.

Nous nous jaugions, réfléchissions à quelle tournure donner à la conversation.

— Comme je vous l'ai dit au téléphone, je ne sortirai rien dans la presse. Je voulais juste partager mes tuyaux avec vous. Que vous a dit le général Drieut sur la mission du 29 août ?

Je me suis redressée pour mieux respirer.

— ... Qu'ils étaient partis en mission pour confirmer des renseignements avant de lancer une opération.

Elle a hoché la tête d'un air entendu.

— C'est en partie vrai… Ce qu'ils appellent pudiquement une « confirmation », c'est le début d'une neutralisation. Une exécution, si vous voulez… Le 21 août, le groupe de votre mari est parti « confirmer » la présence d'une « cible » avant de laisser huit jours plus tard un second groupe de forces spéciales entrer dans la zone pour qu'ils puissent faire leur travail de neutralisation.

— C'était quoi, la *cible* ?

La reporter a fait la moue.

— Une katiba avec beaucoup de Français. Environ une quinzaine. Des Belges et des Anglais aussi… Le groupe de votre mari devait protéger le retour d'un groupe Action. C'est en décrochant qu'ils se sont heurtés à un groupe de djihadistes lourdement armés. Les djihadistes de la katiba attaquée ont eu le temps d'appeler au secours. Les renforts, non loin du village, sont arrivés avec leurs 4 × 4 et se sont affrontés avec le groupe de votre mari.

— Comment savez-vous tout cela ?

Elle a eu un petit sourire.

— Je travaille avec un fixeur[1] kurde. C'est lui qui m'a tout raconté. Il le tient de son frère peshmerga, un chef de haut rang qui a épaulé les forces spéciales françaises lorsqu'elles ont lancé l'opération de destruction sur les djihadistes le 29 août. D'après lui, ce sont des opérations très fréquentes ces derniers mois…

1. Dans une région à risque ou dans un pays en guerre, personne locale faisant office à la fois d'interprète, de guide et d'aide de camp pour un journaliste étranger.

— Mais je croyais que le Treize ne faisait que du renseignement ? ai-je tenté, comme pour dédouaner Cédric.

— C'est vrai. Ils renseignent... pour que d'autres puissent agir.

La journaliste a sorti prestement son téléphone et tapé une adresse sur YouTube.

— Vous avez dû passer à côté... C'est sorti il y a quatre mois.

Sur l'écran, une femme était interviewée. Sophie a précisé :

— Si vous ne l'aviez pas reconnue, il s'agit de notre ministre des Armées.

« Pour répondre à votre question, disait la ministre, il y a des combats très durs actuellement autour de Raqqa, la "capitale" de l'État islamique. Si des djihadistes périssent dans ces combats, je ne dirais pas que c'est une mauvaise chose. Plus cela arrivera, moins il en rentrera en Europe... » Sur le téléphone de Sophie Barneville, le journaliste rebondissait : « Madame la ministre, est-ce à dire qu'il y a "un permis de tuer" sur place pour les forces de la coalition ? Que la chasse aux djihadistes est ouverte ? » Je pouvais voir les mâchoires de la ministre se serrer. « Écoutez, on ne va pas jouer sur les mots. Ce sont eux qui nous ont déclaré la guerre. Les Européens qui ont choisi de partir se battre aux côtés de l'État islamique ont fait un choix. À nos yeux, ce choix est définitif et les exclut de nos démocraties. Ils ont pris les armes contre nous, ils en payent le prix... Leur cas doit être traité localement. S'ils sont faits prisonniers, ils seront jugés sur place, par les forces locales. »

Sophie Barneville a coupé la vidéo.

— Il y a quelques mois, l'armée française a reçu l'ordre d'éliminer le maximum de djihadistes sur place, afin qu'ils ne remettent plus les pieds sur le territoire européen.

Elle a fait une pause puis s'est remise à parler avec un rire désabusé :

— La guerre en Syrie ne va pas durer éternellement, alors le gouvernement met les bouchées doubles… Et puis il y a autre chose de plus délicat. C'est pour ça que je ne veux rien sortir dans la presse.

Que pouvait-il y avoir encore ? Mon cerveau me faisait mal, comme après une gueule de bois. C'est d'une voix plus basse que la journaliste s'est expliquée :

— Marc et Catherine Beaumont, les parents de Thomas Beaumont, ont été contactés par deux avocats représentant les familles de plusieurs djihadistes français morts sur place ces dernières semaines. Ils sont persuadés que c'est l'armée française qui est responsable de la mort de leurs fils et veulent intenter un procès à l'État, et donc à l'armée. Le couple m'a contactée, pensant que je les aiderai.

Elle s'était rembrunie, comme si le sujet abordé ne prêtait plus à sourire.

— Ils ont commencé à m'expliquer que l'État français ne pouvait exécuter des citoyens français à l'étranger, que c'était contraire à toutes les lois… et qu'il s'agissait d'assassinats purs et simples. Les dossiers sont en train d'être préparés mais il leur manque des témoignages de poids. Ils ont été tenus au courant par Marc et Catherine de la situation… *baroque* de votre mari. Un soldat disparu de l'armée française dans une zone de guerre, que ni la France ni Daesh n'arrivent à retrouver ! Ces deux avocats vont sans doute essayer de vous contacter.

Je me suis refusée à y penser tellement tout cela me semblait absurde.

— Enfin, c'est grotesque ! Ces avocats défendent des citoyens français qui ont pris les armes contre leur propre pays. Mon mari défend ce pays ! Je ne vais quand même pas les plaindre.

Elle a ri de bon cœur.

— Vous ne connaissez pas les avocats…

Les journées se succédaient. Je n'avais de nouvelles de personne. Prazic semblait être parti en permission, quant à Biaggi, il était à Paris, injoignable. Et je n'avais aucun moyen de contacter le lieutenant-colonel Leclerc resté sur place.

Dès que je le pouvais, j'allais sur Internet. Je suivais, presque en temps réel, l'actualité en Syrie. Les attentats, les replis de populations civiles, les exactions commises par Daesh, les mouvements des insurrections, les reprises de zones, les réunions d'états-majors et les décisions politiques. Je ne voulais rien laisser dans l'ombre même si je savais que les médias avaient accès à des informations incomplètes. J'essayais de lire entre les lignes. Quelque part, j'en étais persuadée, dissimulé par un gros titre anodin ou un paragraphe insignifiant pour le plus grand nombre, se trouvait le lieu exact où mon mari était séquestré. Derrière les mots rebattus de cette guerre avec laquelle la France s'était familiarisée depuis des années jusqu'à la considérer comme faisant partie d'un nouvel ordre mondial, presque un mal nécessaire, il y avait mon mari.

Un soir, alors que je regardais le journal télévisé, le visage d'Alain Lachaille est apparu. Son crâne était planté de quelques touffes clairsemées et drues comme du fil barbelé, ce qui lui donnait l'apparence d'un dictateur tyrannique qui aurait perdu ses cheveux à force de hurler. Le reste, yeux globuleux, double menton, début d'embonpoint, était à l'avenant. Le député commentait les dernières évolutions des politiques publiques de sa circonscription avec un air satisfait. J'ai éprouvé un violent sentiment de répulsion. J'ai pensé à Myriam, à Carine, à Jeanne et à Manon. C'était à lui qu'il fallait intenter un procès. Le dénoncer, l'empêcher de nuire. Comment était-ce possible que les journalistes continuent à lui tendre le micro ? Calmement, j'ai éteint le poste de télévision.

Un matin, après avoir installé les enfants à la table du petit déjeuner et confié Arthur et Lucas à la surveillance d'Alexandre, je suis montée à l'étage. La physionomie de notre maison avait peu changé en quelques semaines. J'avais finalement abandonné l'idée de remiser toutes les affaires de Cédric hors de ma vue et de celle des enfants, et les derniers rebondissements m'avaient donné raison. Sa tasse séchait toujours à l'envers à côté de l'évier, je l'utilisais parfois pour boire mon café, posant les lèvres là où il posait les siennes, croyant boire son haleine chaude sur la porcelaine. Sa parka d'hiver était suspendue dans le vestibule. Les cordes et la toile bariolée qu'il avait accrochées à la rampe de l'escalier, et qui avaient servi à la confection d'un hamac pour les enfants, attendaient le printemps prochain. J'ai grimpé les marches lentement, prêtant attention à chaque sensation. La plante des pieds sur la moquette, le souffle plus court dans l'effort, les battements de mon cœur. Un coup d'œil à ma montre : huit heures en France, neuf heures du matin là-bas. Depuis sa capture, Cédric avait probablement perdu toute notion du temps. J'ai effectué un signe de croix rapide avant de passer la dernière marche : *mon Dieu, faites qu'il ne flanche pas*. C'était un geste d'enfant. Comme la prière du Notre-Père, apprise il y a longtemps, dont me revenaient parfois quelques phrases. Sa brosse à dents était toujours à côté de la mienne et de celles des enfants, glissée dans un pot décoré avec des gommettes multicolores et offert par Alexandre à l'occasion de la fête des Pères. Sa serviette de bain, sèche depuis longtemps, pendait sur le radiateur mural, à côté de mon peignoir. Sur une étagère, parmi les crèmes diverses et les boîtes de médicaments à moitié utilisées, trônait son parfum. J'ai ouvert le flacon et respiré l'eau boisée.

Au travail, mes collègues et mon patron gardaient leurs distances, mais cela ne me gênait pas. À la cantine, je préférais m'isoler. Je mangeais sans appétit les carottes râpées baignant dans l'huile, les macédoines de légumes et les steaks hachés sanglants tout en consultant les sites d'actualités sur mon téléphone portable. Puis, après m'être assurée que rien de nouveau n'était arrivé en Syrie, je retournais travailler. Certains devaient me trouver l'allure d'un fantôme. En réalité, j'étais en attente. Cela mobilisait toute mon énergie.

Mes beaux-parents me téléphonaient tous les jours. Je leur avais tout raconté de mon temps passé en Syrie. Ils avaient aussitôt contacté l'armée qui n'avait pas été plus diserte avec eux qu'avec moi. Ils projetaient de revenir à Martignas avant la fin du mois d'octobre. Mon beau-père préférait continuer à croire son fils unique mort. « Je n'ai plus l'âge des faux espoirs », disait-il. Ma belle-mère, elle, avait du mal à cacher sa joie. Sa voix aiguë crissait dans le combiné. Elle avait une confiance totale en l'armée. On lui ramènerait son fils en chair et en os.

À la maison, plusieurs jours pouvaient se passer sans que les garçons m'interrogent au sujet de Cédric. À l'inverse de leur grand-père, ils croyaient dur comme fer que leur père serait bientôt de retour parmi nous. Cette certitude rendait inutile tout dialogue. Je n'avais pas le courage de nuancer leurs convictions. N'étais-je pas comme eux, soudain leur grande sœur plutôt que leur mère ? Mon statut d'adulte s'était évaporé. J'avais douze ans, j'étais butée et je croyais maîtriser de la vie tous les contours. J'édifiais chaque matin des murs solides et le soir venu j'en colmatais les brèches avec de nouvelles certitudes. Pour les enfants, c'était plus compliqué. À l'école, leurs camarades détruisaient ces murs. En rentrant, Alexandre, Lucas ou Arthur me rapportaient une question qu'un élève de leur classe leur avait posée. Interrogations cruelles et spontanées. C'était pour Alexandre que c'était le plus difficile. Scolarisé dans la même école primaire que Florent, le fils de Carine dont la mort du papa avait été officiellement déclarée, Alexandre avait dernièrement essuyé les interrogatoires en règle de certains copains. Un soir, alors que je finissais de lui raconter une histoire et que je m'apprêtais à éteindre la lumière de sa chambre, il m'a retenue par le bras.

— Maman, à l'école, Martin m'a dit que peut-être papa ne reviendrait jamais. Est-ce que c'est vrai ?

Sa voix douce était d'une vulnérabilité insupportable. J'ai eu envie de le serrer fort. De le broyer pour le faire taire. Des mots de colère se sont bousculés à mes lèvres tandis que j'étreignais le corps de mon petit garçon. *Salaud de Martin, salauds de soldats*. J'ai cependant réussi à garder mon calme.

— Mon amour, Martin n'y connaît rien. La prochaine fois qu'il te parle de ton papa, tu changeras de trottoir, de couloir ou de place ! Promis juré craché ?

À court d'arguments, j'ai fait mine de cracher sur sa descente de lit. Mon geste l'a fait rire, c'était toujours cela de gagné.

— De toute façon, tout le monde à l'école sait que Martin est un menteur ! ai-je ajouté.

Changer de sujet, faire diversion, gagner du temps. Mentir par instinct de survie. Que savais-je de plus à propos de Cédric ? Et si ce Martin avait raison ?

Arthur, lui, personne ne l'embêtait à l'école. Son caractère lui servait de réputation. C'est la réflexion que nous nous étions faite, Cédric et moi, quand à la naissance de notre petit dernier nous nous étions penchés sur sa tête butée. Les premières semaines d'existence d'Arthur ne nous avaient pas détrompés. Jour après jour, notre garçon s'était transformé en boxeur au nez écrasé, aux sourcils furieux et à la bouche vorace. À peine né, Arthur était prêt à en découdre avec la vie.

Un camarade de Lucas, Antoine, lui avait donné un dessin où figurait la silhouette musclée de Cédric, tracée au feutre noir à la manière outrancière d'un super-héros de cinéma. Épaules démesurément larges, taille étroite et regard farouche d'où fusait un trait de laser rouge, Cédric semblait immortel. Un avion joufflu traversait le ciel, au-dessus du corps gonflé de veines de mon mari. Malgré la situation, je n'avais pu m'empêcher de sourire. Lucas avait collé le dessin sur le réfrigérateur. « Papa est dans le ciel, il va bientôt revenir en avion ! » avait-il déclaré d'un ton sans appel. J'en avais frémi. Quelle partie de cette formule innocente était la plus réelle ? Ne pas avoir de réponses à toutes les questions que je me posais depuis des semaines me rendait folle, je commençais à chercher des réponses là où je pouvais, à interpréter des pseudo-signes, à attribuer aux nuages le pouvoir des oracles et aux paroles de mes enfants la clairvoyance des visionnaires. Je naviguais à vue dans une mer de présages qu'il me fallait inventer pour que chaque journée passe le moins douloureusement possible.

Les enfants couchés, les soirées étaient longues. Mon entourage s'était passé le mot pour me téléphoner. Parfois, la silhouette d'une amie se profilait dans la rue. La démarche se faisait plus lourde, plus lente aux abords de la porte d'entrée. J'accueillais, je serrais des mains, j'embrassais des joues tièdes, des visages froids. Je humais des parfums aigres, des odeurs boisées, des fragrances humaines fruitées dans des encolures tendues vers mon chagrin. Mais c'était moi qui consolais. Parfois, je me réveillais au milieu de la nuit, en sueur, le dos fourbu comme si on m'avait battue. La maison était silencieuse mais c'était le vacarme dans ma tête. Des scènes de cauchemars jaillissaient dans mon cerveau. Peu après la naissance d'Alexandre, j'avais demandé à une sage-femme ce que signifiaient les pleurs incessants de notre aîné à l'heure du coucher. Elle m'avait répondu qu'il s'agissait de la terreur nocturne du nourrisson. Alexandre était inconsolable quelques minutes puis, brutalement, sans prévenir, les sanglots cessaient. Il tombait alors dans un sommeil de plomb. À peine Cédric et moi étions-nous rassurés qu'un sentiment d'épouvante nous étreignait. Ce grand sommeil ressemblait à la mort. L'immobilité d'Alexandre, au plus profond de son repos, devenait cadavérique. Teint cireux, cœur impalpable, il nous fallait alors secouer ce corps tranquille pour obtenir un gémissement, une expression, une petite main attrapant le vide. La preuve obtenue que le drame n'était pas advenu, nous nous redressions, la tête brûlante.

Terreur nocturne. C'était désormais devenu l'expression de mes réveils en sursaut. Je restais quelques secondes à imaginer Cédric face à ses bourreaux. Le visage meurtri de Perrier me revenait en mémoire. L'envie de vomir, de hurler, de frapper, successivement, simultanément, comme un état pire que la mort, m'arrachait à la torpeur. J'allais faire un tour dans les chambres des enfants. Je remettais une couverture en place, ramassais une peluche. J'écoutais à leur porte le rythme de leur vie. Au rez-de-chaussée, je m'infligeais des séances de nettoyage fébriles dont je ressortais épuisée : cuisine briquée, sol aspiré à grands coups de boutoir, et tant pis pour les pieds de chaise que je heurtais.

Cela faisait trois semaines que j'étais revenue de Syrie et toujours aucune vidéo de Cédric en tenue de prisonnier n'était parvenue aux autorités françaises. J'avais déjà vu de telles images circuler dans les médias. Le plus souvent, il s'agissait de demandes de rançon. Que Cédric se fasse prendre en otage faisait partie des risques du métier. Mais il était toujours revenu sain et sauf de mission. Vainqueur de tous les dangers affrontés pendant des mois. J'avais fini par croire qu'il était immortel. C'était peut-être du déni, mais cette pensée m'avait toujours protégée. Assister aux entraînements de Cédric et des équipiers du Treize m'avait également confortée dans cette fiction rassurante.

Ces soldats faisaient partie d'une mécanique bien huilée. Ensemble, ces hommes devenaient une machine de guerre ultra-performante dégageant une telle sérénité que rien ne semblait pouvoir les atteindre.

Le Commandement des opérations spéciales ou le colonel Biaggi me cachaient-ils quelque chose ? Un matin, j'ai fini par décrocher mon téléphone. Quelques sonneries plus tard, la voix du général Drieut dans le haut-parleur, comme du métal que l'on frappe, s'est répandue dans le salon. Le général m'a assuré que personne ne me mentait. Aucune vidéo, aucun enregistrement n'avait été transmis. Ni à la direction du renseignement militaire, ni à la DGSE, ni au régiment, ni à personne. La procédure classique, a-t-il précisé en mettant des guillemets, était que Daesh se serve de ses victimes ou de ses prisonniers pour faire des shows médiatiques. Et de cela non plus, il n'était pas question. Mon interrogation était partagée au même moment par des dizaines de militaires appartenant à différents services de renseignement. Tous travaillaient sur l'affaire.

— Vous n'ignorez pas que les journalistes continuent à nous harceler pour savoir ce qu'il s'est réellement passé, m'a-t-il dit d'une voix pressante.

J'ai eu soudain la sensation que tout cela le dépassait. Non, je n'étais pas au courant, et à vrai dire je m'en fichais pas mal. J'avais haussé le ton sans m'en rendre compte. J'oubliais la règle la plus élémentaire : ne pas m'aliéner les seules personnes qui pouvaient m'aider. J'ai repris la parole sans laisser au général le temps de répondre. De toute façon, que pouvait-il me dire de plus ? Cela faisait près de deux mois que la vérité s'effilochait et que de trop rares notes d'espoir m'empêchaient de faire un deuil de toute façon impossible.

— Savez-vous quand l'équipier de mon mari sera rapatrié en France ?

Le général a soupiré :

— Achetez le journal demain, madame Delmas, la presse, comme vous dites, fait un excellent travail !

Le lendemain, je n'ai pas eu à le faire. Un coup de fil de Fabien à la première heure a suffi pour m'informer. Le brigadier Alexis Perrier était de retour en France. Après quelques heures de débrief à Paris, il avait été accueilli par le colonel Biaggi dans l'enceinte du régiment. Le retour du brigadier s'était fait discrètement. À Villacoublay, personne d'autre qu'un chauffeur au volant d'une berline sombre n'était venu à sa rencontre. Il avait ensuite été emmené au siège de la DGSE puis à la direction du renseignement militaire, avant d'être examiné par un médecin. Une promenade de santé pendant laquelle l'ancien otage n'avait fait que répéter ce qu'il avait déjà dit en Syrie. C'était la procédure : habituelle, laborieuse, parfois fructueuse, souvent vaine. À peine avais-je raccroché avec Fabien que mon téléphone a sonné de nouveau. Voix rauque, familière et inconnue à la fois. C'était Perrier.

— Merci d'être venue, j'avais besoin de vous parler.

Alexis Perrier était en face de moi, attablé au café de la gare à Bordeaux. J'ai répondu à son salut puis me suis installée. Comme au téléphone, j'ai été surprise par son timbre enroué. Le rythme saccadé de ses phrases. Je n'avais pas eu le temps de m'en apercevoir en Syrie. Ou peut-être m'étais-je dit qu'il s'agissait du contrecoup de sa captivité. Une voix de fumeur, une tonalité de malade, d'avoir respiré trop longtemps la poussière. Cédric avait le même type d'inflexion. Quelque chose d'impérieux. Mon cerveau parvenait encore à s'en souvenir. Mais pour combien de temps ? Même les vieux messages que j'écoutais me semblaient parfois n'en restituer qu'une version édulcorée. Les mots sourds de Perrier m'ont ramenée dans le réel.

— Madame Delmas, je n'arrête pas de penser que je suis en sécurité ici pendant que Cédric est encore là-bas, entre leurs mains.

Sa voix s'est brisée.

— Il m'a dit que vous étiez enceinte... Il était tellement heureux...

Mon café est arrivé.

— Pourquoi vouliez-vous me voir ?

Il ne fallait pas que je flanche. J'ai répété ma question. Après une hésitation, le brigadier a fini par me répondre :

— Écoutez, Clémence, en vous parlant, j'enfreins une des règles les plus importantes du Treize, mais je n'arrive pas à oublier Cédric, je n'arrive pas à passer à autre chose, je sais de quoi ils sont capables et, surtout, je n'arrête pas de penser à vos fils. Ne pas savoir est une torture. Quand j'étais là-bas, je me demandais chaque jour quand ils nous tueraient, combien de temps allait durer notre captivité. Un an, deux ans, quelques jours avant de crever ? Et là, je peux vous dire que la patrie, le drapeau, l'honneur et toutes ces conneries, ça ne compte plus. Il ne reste que deux options : mourir ou rester vivant. Quand ils m'ont torturé, je n'ai pas pensé à *La Marseillaise* pour ne pas parler, ce qui m'a empêché de cracher le morceau, c'est Cédric, le régiment, tous les mecs qui m'ont formé, qui m'ont aimé.

Perrier était à bout de souffle. Il a avalé d'une traite son verre d'eau.

— En face de nous, il n'y avait que le silence, ou des cris en arabe que seul Cédric pouvait comprendre !

— Alexis, si vous m'avez donné rendez-vous dans ce café, à l'insu de tout le monde, je me doute que ce n'est pas juste pour me parler de Cédric. Est-ce que vous savez quelque chose que je ne sais pas ? Quelque chose que vous ne m'avez pas dit ?

Je suffoquais. Comme si j'avais hurlé cette messe basse. Le brigadier a eu l'air déconcerté. Nous sommes restés silencieux quelques secondes. Perrier tenait sa tête toujours entre ses mains, poings serrés sur ses joues comme s'il cherchait à parer un éventuel coup. D'un signe, il a commandé deux nouveaux cafés, puis m'a répondu d'une traite.

— Madame Delmas, c'est vrai tout ce qu'ils vous ont dit au régiment ! Il manque juste certains éléments. Ce que la presse a sorti, comme quoi on effectuait une simple mission de renseignement de ciblage, c'est faux. Le seul truc de réel, c'est l'histoire de l'hélico. Cédric a appelé du renfort et personne n'est venu. Mais de toute façon, les mecs qui nous ont attaqués étaient plus nombreux. Ils étaient entraînés avec les mêmes méthodes que nous, suréquipés en armement lourd. Hélico ou pas, il y aurait eu des morts.

Perrier s'est renfoncé dans la banquette. J'ai cru qu'il allait de nouveau se taire alors je me suis penchée et lui ai saisi le bras. Ses mains tremblaient.

— On a bien fait du rens[1] sur cette zone, mais c'était avant, en début d'Opex. On devait localiser des HVT[2]. Il fallait qu'on sache tout sur les djihadistes : habitudes, armement, caches, complices locaux, véhicules, jusqu'aux menus de leurs repas. On transmettait ensuite tout à la DRM[3], à la DGSE et au COS. Pour cette mission précise, une *task force* avait été constituée, un groupe de soldats appartenant à différentes armées. Il y avait trois Américains, des commandos marine et des forces spéciales de Perpignan[4].

Pour la première fois depuis des semaines, j'obtenais une information précise. Rens, Opex, HVT. Perrier se cachait-il derrière ce jargon technique et ces acronymes pour se dédouaner ou pour atténuer son propos ? Croyait-il me perdre ? Il aurait dû deviner que depuis quelques semaines,

1. Renseignement.

2. *High Value Target* : cible de haute valeur.

3. Direction du renseignement militaire.

4. Le Centre parachutiste d'instruction spécialisé de Perpignan est une composante de la DGSE.

je n'avais fait que me renseigner sur le Treize et ses missions. C'était devenu mon obsession. Mais c'était la première fois que j'entendais parler de cette *task force*. Ni Fabien ni Jean-François ne m'avaient dit quoi que ce soit. Ni Biaggi ni Prazic. La seule avait été Sophie Barneville, quand elle avait évoqué ce fameux groupe Action, mais elle-même était liée par le pacte du secret. Cela faisait donc près de deux mois qu'on nous mentait par omission ! Des images furtives de mon court séjour en Syrie me sont revenues à l'esprit. Le récit du brigadier Gauvin, la présentation de la base faite par le lieutenant-colonel Leclerc. Je me suis souvenue brusquement des soldats américains qui effectuaient leur jogging le jour de notre arrivée.

Le brigadier a bu une nouvelle gorgée de café, puis a continué le cours de son récit :

— Tout s'est déroulé sans embrouilles jusqu'au dernier moment. Je scrutais attentivement les premières maisons du village cible grâce à mes jumelles de vision nocturne. Cela faisait huit jours qu'on était enterrés dans nos trous à noter les allées et venues des occupants. L'opération de neutralisation avait débuté quelques minutes auparavant. Le groupe de forces spéciales de Perpignan avait commencé son approche en vue de la neutralisation des djihadistes qui se trouvaient dans les premières maisons. Le reste de la katiba était éparpillé un peu partout dans le village. Nous, tout ce qui nous intéressait, c'étaient les trois premières maisons. Elles étaient occupées par des djihadistes français, des Belges et quelques Anglais. Dans les intensificateurs de lumière, j'ai vu les gars du groupe Action entrer dans les maisons. Il y a eu des claquements de culasse, des tirs étouffés par les silencieux et quelques éclairs. En moins de cinq minutes, c'était fini. J'ai commencé à chronométrer dans ma tête, il fallait que le groupe Action sorte dans les dix secondes pour que tout le monde puisse décrocher avant que qui que ce soit ne se rende compte de quelque chose.

Sur ces mots, Perrier a avalé le fond de sa tasse.

— Je les ai vus sortir des maisons en se déplaçant rapidement. Cela faisait comme des ombres vertes dans les jumelles de vision nocturne. Elles semblaient glisser dans l'obscurité. Le premier mec du groupe Action arrivé près des caches où on se terrait nous a chuchoté que « la moisson avait été bonne », puis nous a dépassés. Cinq peshmergas se sont coulés dans ses pas. Alliés des Français, ils étaient là en support. On les a entendus s'éloigner dans la nuit. Ils avaient rempli leurs sacs de tout ce qu'ils avaient trouvé sur place pour que ce soit analysé à Paris, dont les prélèvements ADN des macchabées. Alors que le groupe était déjà à trois cents mètres, des tirs doublés d'un coup de sifflet ont traversé la nuit. Des cris ont résonné, ponctués de rafales perdues dans la nuit. Là, Clémence, je me suis dit que c'était la merde… Le jour allait se lever dans l'heure et ceux d'en face allaient ratisser la zone fissa.

Je n'écoutais plus.

— Des prélèvements ADN ? Ça veut dire quoi ?

Perrier a eu soudain l'air mal à l'aise. Il m'a répondu en mangeant ses mots :

— Euh, quand on lance une opération de neutralisation, il faut ramener des scalps. Pour savoir qui a été tué… on prélève de l'ADN pour l'envoyer à Paris, à une cellule gérée par le ministère de l'Intérieur. C'est eux qui tiennent la liste des djihadistes à jour. Ceux qui sont recherchés, ceux qui sont encore vivants, ceux qu'on doit éliminer… – Il a baissé la voix. – En général, on identifie une katiba, on l'éclaire puis les bombardements suivent. C'était le rôle de Cédric. Il était éclaireur au sol. Il illuminait les cibles à bombarder avec un signal laser que seules les bombes des avions peuvent identifier. Mais parfois, il faut aller au sol avec un groupe Action pour récupérer de la documentation.

Il a expiré d'un coup sec avant de continuer :

— Je n'étais pas loin de Cédric qui s'escrimait sur son téléphone satellite afin d'appeler le support aérien qui devait finir la mission, à savoir bombarder le village. Soit avec un drone soit par un largage. C'est Cédric qui devait faire l'éclairage des cibles, mais rien n'est arrivé comme prévu. Il a pris le talkie pour appeler. Je pense que c'est comme ça qu'en face ils ont enregistré les appels de Cédric et ont pu nous tomber dessus. Les tirs provenaient des maisons. Eux aussi devaient avoir des lunettes de vision nocturne car on a commencé à bien prendre dans la gueule ! Une roquette est passée pas loin de nos têtes et a explosé derrière nos trous. Ça gueulait très fort en face. Des *Allah akbar* à n'en plus finir… Le village et la katiba qu'il abritait étaient totalement réveillés. Je pouvais voir les djihadistes qui traçaient d'une maison à l'autre pour tirer. Nous, on n'avait pas encore tiré une seule cartouche, l'idée c'était de ne pas leur indiquer notre position. Le groupe Action devait être hors de la zone de feu. J'ai demandé en interne ce qu'on allait faire. J'ai pas eu de réponse. Dans son trou, j'ai vu que Beaumont était mort. C'est Cédric qui a répondu sur le circuit interne : « On reste, qu'il a dit, il faut les fixer. » Puis il y a eu un silence… « On fait Camerone[1] »…

Perrier était essoufflé, ses mains s'agitaient nerveusement lorsqu'il parlait, accompagnant chacun de ses coups d'œil hantés par des visions que je devinais cauchemardesques. Je m'en fichais. Je ne pensais qu'à Cédric. Un début de migraine serrait mes tempes que j'ai commencé à masser avec mes deux index. Perrier parlait toujours, hoquetant comme un asthmatique :

— Il fallait surtout pas qu'avec leurs 4 × 4 ils puissent rejoindre le groupe Action. J'ai pensé à eux, à toute la documentation qu'ils transportaient, et à l'hélicoptère qui les attendait à quatre heures d'ici. La mission avant tout. Il fallait tenir deux heures. Jamais on n'aurait assez de munitions ! Deux secondes plus tard, un gars a déboulé à cent mètres de nous. Il s'est mis debout en hurlant *Allah akbar*. Il y a eu un éclair immense. Ça nous a grillé les yeux, défoncé les oreilles. Je pense que c'est là que Bocquet

1. L'expression vient de la Légion étrangère. Elle signifie : tenir jusqu'au bout, jusqu'à l'ultime sacrifice. Les légionnaires fêtent le 30 avril le combat héroïque de quelques dizaines d'entre eux qui a eu lieu en 1863, dans l'hacienda de Camerone au Mexique. Ils s'étaient sacrifiés pour permettre le passage d'un convoi de ravitaillement, défendant chèrement leur peau, face à deux mille soldats mexicains.

et Martin sont morts, à cause des clous et des boulons qui ont giclé sur toute la zone. Le mec venait de se faire exploser. J'ai juste eu le temps de voir Cédric jeter quelque chose puis des phares de voiture ont éclairé la zone.

Sa voix était devenue un filet d'amertume.

— On devait tenir deux heures. Ça a duré quinze minutes.

L'automne avait à peine débuté que les aubes et les crépuscules sont devenus glacés. Comme si après le drame, il aurait été indécent que l'été indien se prolonge. Vent piquant les narines à l'aurore quand j'emmenais les garçons à l'école, paysage assombri dès la fin de l'après-midi quand j'allais les chercher : la météo, inhabituelle à cette époque de l'année, était solidaire des ténèbres qui s'étaient abattues sur nos vies.

Je n'avais plus de nouvelles de personne. Même l'assistante sociale était aux abonnés absents. Ni Biaggi ni le commandant en second ne répondaient au téléphone ; quant à Jean-François et Fabien, j'avais entendu dire par Carine qu'ils avaient fini par quitter le pays pour quelques semaines de permission à l'autre bout du monde.

D'autres journées sont passées. Silencieuses, atones. Les heures se succédaient, comme assourdies par un tapis de neige. Cela me désespérait. Je m'occupais des enfants, je les aimais plus que jamais. Pourtant, parfois, même cet amour évident me semblait être devenu machinal. Sans

Cédric, ma vie devenait lisse. Aux informations et à la radio, les journalistes continuaient de parler de la guerre au Levant avec l'air d'en avoir oublié les derniers retentissements. Il n'y avait soudain plus d'hélicoptère, plus de procès, plus de morts. Une gigantesque vague mutique avait tout englouti.

La maison du chef de corps était située dans l'enceinte du régiment. Vingt heures. Le colonel Biaggi devait être chez lui. J'ai frappé à la porte. Sa femme m'a ouvert. Christelle m'a embrassée et m'a invitée à entrer dans le salon. Un grand feu crépitait dans la cheminée, hors saison. J'ai entendu un bruit à l'étage tandis que Christelle me priait de m'asseoir en haussant la voix. Comme la première fois, j'ai eu l'impression de pénétrer dans un hôtel. Le parfum de cire, le rangement impeccable, l'absence de bibelots, tout contribuait à donner au visiteur la sensation de se rendre dans un lieu anonyme. C'était étrange. Et apaisant. Notre maison était devenue une machine à remonter le temps. Depuis les pièces riches en souvenirs, les murs couverts de photographies, les draps empreints d'odeurs jusqu'aux objets dont j'aurais pu narrer l'histoire détaillée, tout évoquait Cédric et le passé déjà vieux des jours heureux.

— Comment vas-tu, Clémence ? m'a demandé Christelle tandis qu'elle prenait place en face de moi.

Elle non plus ne répondait plus au téléphone. J'ai peiné à garder mon calme face à elle qui, avec les mêmes gestes immuables d'hôtesse parfaite, frottait une tache absente sur son pantalon avant de se lever de nouveau pour disposer deux verres sur la table basse. Le jus de pomme, la coupelle de chips, la pluie et le cycle des saisons, ma vie au bureau, la santé des enfants et des phrases toutes faites sur l'oubli et le temps qui fait son œuvre, après la pluie le beau temps… Un mot de plus et j'allais lui arracher son chemisier bien repassé.

J'ai noyé ma rage dans le verre qu'elle venait de me tendre. Une minute plus tard, Biaggi apparaissait dans l'embrasure de la porte du salon. Il avait l'air préoccupé. C'était la seconde fois que je le voyais en civil. Sans son treillis, sa ressemblance avec une sorte de mafioso corse était troublante.

— Bonsoir Clémence. J'ai été très occupé ces derniers jours, que puis-je faire pour vous ?

Il a à peine pu achever sa question que je lui coupais la parole :

— Que se passe-t-il ? Pourquoi je n'ai plus de nouvelles ? Est-ce que vous avez réussi à localiser Cédric ?

J'avais haussé le ton. J'articulais mes questions, calmement, mais fermement. Je voulais qu'il sente que je ne lâcherais rien.

— Vous vous faites des idées, Clémence, le régiment est très pris en ce moment. Croyez-moi que si nous avions appris quelque chose au sujet de Cédric, vous auriez été la première informée.

Un « désolé », même furtif, glissé au milieu de cette phrase polie, n'aurait pas suffi à atténuer le sentiment d'étrangeté que j'éprouvais face à la gêne palpable du chef de corps et de sa femme. Celle-ci a quitté la pièce alors que Biaggi, toujours debout, m'apprenait qu'il devait partir pour Paris deux jours plus tard. Il était pressé. Soudain distant.

Il était vingt-deux heures quand j'ai garé la voiture devant chez nous. Je suis restée assise quelques minutes, j'ai allumé la radio. J'ai zappé quelques secondes entre le journal du soir, un débat politique et une radio libre dont les rires sans fin, aigus, gras, essoufflés jusqu'à l'apoplexie ont envahi l'habitacle. J'ai branché mon téléphone pour lancer une playlist, puis mis le chauffage. La musique, un air libanais, a grésillé quelques secondes puis la voix de la chanteuse s'est amplifiée. Cédric avait rapporté cette musique de Tripoli. C'est là-bas qu'il avait découvert Fairuz. Par hasard, un soir, lors d'un quartier libre passé dans la ville musulmane. Il m'avait raconté que ses chansons avaient constitué la bande-son de sa mission. Cette obsession était revenue avec lui en France et il m'avait fait découvrir quelques-uns des tubes de cette chanteuse à la voix de velours dont j'avais aimé la poésie insondable. « À fond dans le 4 × 4, Clémence, on avait une classe folle ! » m'avait-il dit le jour où il avait glissé le CD rayé dans la chaîne hi-fi du salon. On avait dansé, j'avais fredonné sans comprendre, massacré des mots dont Cédric m'avait corrigé la prononciation et donné la signification. Il était question d'amour, d'exil, de Beyrouth sous les bombes et de pluie effaçant la mémoire.

À force, nous avions fini par nous lasser. C'était la première fois depuis des siècles que je la réécoutais.

Dehors, c'était la nuit. Chez nous, seule la lumière de la cuisine était encore allumée. Ma mère était penchée sur la table. Immobile. J'ai fini par m'extirper de la voiture. J'ai effectué quelques pas dans la rue, observé une minute d'attente devant la porte d'entrée. Un coup d'œil dans le salon. Ma mère avait remis à leur place les coussins, rangé les albums de photos sur la table basse. Rien ne subsistait du désordre léger que j'avais laissé en partant. Une odeur de propre flottait dans le vestibule. Quand j'ai pénétré dans la cuisine, celle-ci s'est intensifiée.

— Merci, maman, d'avoir gardé les petits. Tout s'est bien passé ?

Elle a levé la tête de son livre.

— Tout va bien, ma chérie, a-t-elle répondu.

Et je n'ai pas pu m'empêcher de songer qu'au contraire rien n'allait, que c'était un mensonge mais que pour une fois, je l'acceptais.

À l'école, c'était Halloween. J'avais acheté trois citrouilles que les enfants avaient évidées pour en faire des lanternes avec leur classe. Posés sur la table de la cuisine en attendant leur départ, les trois monstres orange me regardaient. Leur bouche sculptée dégageait une odeur de terre. Alors que les garçons dormaient encore et que je buvais mon café en réfléchissant à la manière dont j'allais envelopper les citrouilles, quelqu'un a toqué à la porte. J'ai jeté un coup d'œil à mon téléphone portable. Il n'était que sept heures du matin. Cela commençait à devenir une habitude. Depuis le départ de Cédric, on venait chez nous comme dans un moulin.

Les deux soldats qui étaient venus fouiller le bureau il y a deux mois se tenaient devant la porte. La même paire mal assortie. L'un grand et maigre, le bavard ; l'autre petit et trapu, le silencieux. Ce dernier portait une sacoche beige qui a émis un bruit de métal en frôlant la porte. Le fil de fer avait l'air gêné de se retrouver face à moi. L'autre dégageait surtout de l'agressivité. Comme la première fois, ils se sont excusés de venir me déranger à une heure aussi matinale. Tôt le matin ou tard le soir, c'était de toute façon une habitude militaire. Ils venaient une nouvelle fois pour fouiller le bureau de Cédric. « Procédure de sécurité », a précisé le grand à tête d'épingle. J'avais déjà entendu cela. J'ai laissé faire. Je n'avais rien à cacher.

La fouille a duré plus longtemps que la première fois. J'ai eu le temps de réveiller les garçons et de leur faire prendre leur petit déjeuner. Arthur collait des gommettes sur sa citrouille. J'entendais un vacarme étrange. Coups de marteau, craquements, meubles que l'on déplace. Le plus naturellement du monde, Alexandre m'a demandé si son papa était rentré. « Non, mon chéri, me suis-je entendue lui répondre simplement, ce sont ses collègues. » Une heure plus tard, ces derniers redescendaient. Le trapu avait perdu son air agressif, le grand était toujours aussi gêné. Après s'être regardés sans parler, ils ont demandé à examiner le reste de la maison.

J'ai explosé. Les enfants n'existaient plus. Il n'y a plus eu qu'un hurlement strident. Le mien. Comment pouvaient-ils se conduire ainsi ? Il était hors de question qu'ils nous traitent comme des malfaiteurs, comme si nous avions quelque chose à nous reprocher. Hors de question qu'ils viennent poser leurs sales pattes sur notre intimité.

— Dites à votre chef que cela ne va pas être possible, ai-je achevé en me calmant d'un coup.

Le plus grand s'est appuyé sur la rampe d'escalier.

— Je suis désolé, mais ce sont les ordres.

L'armée… elle me donnait envie de pleurer. Je les ai menacés :

— Biaggi n'a qu'à venir lui-même. En attendant, je vous raccompagne.

Les enfants allaient être en retard. Je les ai poussés hors de la maison en même temps que les deux militaires. Peut-être pour se racheter, ou plus vraisemblablement pour se donner une contenance, les deux hommes ont porté les citrouilles jusqu'au coffre de la voiture. Les garçons leur ont demandé s'ils connaissaient leur papa. « Pas personnellement », a répondu le maigre d'un ton laconique.

Une fois les enfants déposés à l'école, j'ai pris le chemin du régiment. À l'entrée du camp de Souge, le planton a refusé de monter la barrière. « C'est la règle, madame, avec tout mon respect. » La règle alors que cela faisait des semaines qu'ils me laissaient passer ? « Je ne sais pas, madame, je suis nouveau, j'applique les consignes. Je ne laisse aucun civil pénétrer dans l'enceinte du régiment, sauf autorisation spéciale. » Je l'aurais frappé jusqu'à ce qu'il lève cette fichue barrière. Je me suis ravisée puis, après avoir inspiré un grand coup, j'ai pris mon téléphone pour composer le numéro du colonel Biaggi.

La voix du colonel a retenti. Froide, distante. La même formule que la veille, comme si je n'avais plus affaire à un être humain, mais à une machine :

— Bonjour, Clémence, que puis-je faire pour vous ?

Je lui ai expliqué rapidement, mots avalés, phrases aspirées.

— Hier soir, j'étais chez vous et ce matin à sept heures deux de vos soldats sont venus pour fouiller la maison ! Que s'est-il passé entretemps ? Je veux savoir. Je veux vous voir tout de suite... Je suis devant la barrière.

— Clémence, cela peut attendre mon retour de Paris ? a-t-il tenté en connaissant la réponse.

Après un court silence, il a battu en retraite.

Le colonel m'attendait debout derrière son bureau. Je n'arrivais plus à me contenir, tout mon corps était parcouru de tremblements.

— Pourquoi cette fouille ? Je sais ce qui s'est passé le 29 août, j'ai appris le but des opérations sur place. Vous m'avez endormie avec vos explications lénifiantes, mais maintenant c'est fini !

Les yeux du colonel m'auscultaient sans m'interrompre.

— Je sais que des avocats veulent faire un procès à l'armée. Ils m'ont laissé des messages. Pourquoi ce silence depuis un mois comme si les autres veuves et moi étions des pestiférées ? Le soir j'ai trois enfants qui me demandent des nouvelles de leur père et je ne sais pas quoi leur répondre... Je n'en peux plus. Vous me dites la vérité sinon c'est moi qui vais vous faire un procès et qui vais raconter tout ce que je sais à la presse.

Biaggi ne bougeait toujours pas. Seuls ses sourcils semblaient vivants, montant et descendant selon les intonations de ma voix hurlante. J'ai stoppé net, exténuée. Presque honteuse d'avoir crié dans son bureau.

— Merci, Clémence, pour votre franchise.

Comme un chat, il semblait prendre son temps, nullement impressionné par ma harangue… Il s'était assis en même temps que moi. Il a pris une grande inspiration avant de parler comme on lâche une bombe :

— Nous pensons avoir retrouvé Cédric.

La phrase m'a cueillie à froid. Je suis restée figée sur ma chaise. Cédric vivant. Mon visage s'est illuminé d'un coup.

— Mais c'est… c'est… c'est fantastique… !

Je balbutiais. Le visage du colonel Biaggi ne semblait pas de mon avis.

— Oui, oui… C'est… fantastique.

Sa bouche semblait dire exactement le contraire. Il y a eu un silence.

— Mais… nous avons un problème. Nous ne vous avons pas tenue au courant car des éléments nouveaux nous sont parvenus depuis deux semaines.

Mes yeux le suppliaient de continuer… Des éléments nouveaux ? De quoi parlait-il ?

— Des drones ont survolé la zone pendant plusieurs jours et ont ramené des images que nous avons encore du mal à comprendre. Elles sont en cours d'analyse, a-t-il dit en contournant son bureau pour m'emmener dans la pièce attenante.

Des cartes s'étalaient sur une grande table. Au mur, des agrandissements en noir et blanc de paysages pris du ciel. Et puis des silhouettes. Une en particulier. Une tête blonde. Le drone l'avait mitraillée sous toutes les coutures. Les tirages numériques mangeaient tout le mur devant mes yeux. Ce crâne blanc ressortait d'autant plus au milieu des gris. La silhouette tenait quelque chose dans ses mains. En face de lui, il y avait des hommes immobiles dont on distinguait la barbe, un peu comme des élèves écoutant leur professeur. Il y avait aussi une sorte de table basse de fortune sur laquelle étaient disposés des objets.

— Les objets sur la table ont été identifiés avec certitude. L'agrandissement a permis d'isoler certains points… C'est très pixélisé mais nos spécialistes ont reconnu des grenades ainsi que ce qui semble être du cordeau détonant… Du fil électrique sur la droite, là, une bassine…

Biaggi tapotait chaque élément énuméré d'un coup de stylo. Mes épaules s'affaissaient à chacune de ses phrases.

— Tout ce matériel, c'est du matériel d'exploseur. La silhouette est en train de leur montrer le maniement et la fabrication d'explosifs.

— Mais non, ça ne peut pas être lui… C'est un autre, il y en a d'autres qui sont là-bas ! C'est impossible.

Les larmes me sont montées aux yeux. C'était trop, je n'arrivais plus à respirer. Je me suis assise lourdement. Mon crâne cognait si fort que j'avais l'impression que mon cerveau était en train de se disloquer à l'intérieur de ma boîte crânienne. Le colonel me regardait maintenant avec indulgence. Son mépris avait disparu. Ne restait plus devant moi que quelqu'un qui venait d'apprendre une mauvaise nouvelle et qui devait prendre une décision difficile.

— Clémence, nous ne savons pas si c'est lui, nous ne savons pas ce qui s'est passé sur place. Si c'est Cédric, il a sans doute été torturé... Mais là encore, on ne peut pas le certifier. La seule chose que je sais..., a-t-il dit avant de se racler la gorge quelques secondes. Il y a trois ans, Cédric a effectué une formation à Angers. La formation HIDRE. C'est un entraînement extrêmement pointu et rare au sein de l'armée française.

Je l'ai regardé, interrogative.

— HIDRE, c'est la mise en œuvre de moyens d'action, d'un savoir-faire unique. C'est la synthèse de toutes les méthodes de destruction, détenue par un seul homme. C'est principalement axé sur la fabrication et la manipulation de toutes sortes de matières en vue de la destruction totale de l'ennemi...

Un souvenir a frappé dans ma mémoire. HIDRE... Les longs mois passés à l'École du génie d'Angers et les week-ends de permission pendant lesquels il me racontait, tout fier, comment il avait appris « les cent cinquante-trois façons de fabriquer de l'explosif ». Comment nous avions ri lorsqu'un jour il m'avait avoué qu'il avait « pissé sur des torchons pour faire de l'ammoniaque... Parce que ce que les gens ne savent pas, c'est que l'urine séchée, c'est de l'ammoniaque et que l'ammoniaque sert à fabriquer de l'explosif. »

Le colonel a fini par conclure d'un ton sans appel :

— HIDRE ne doit pas et ne peut pas être partagé avec les djihadistes. En aucun cas !

Il semblait soudain fragile, comme si les mots qu'il allait prononcer étaient susceptibles de l'affaiblir.

— Clémence, nous ne savons pas si c'est Cédric mais ce qui est sûr, c'est que l'état-major du Treize, avec l'accord du COS, a décidé de lancer une opération de récupération. L'ordre a été donné de ramener l'homme qui est sur les photos. Vivant ou mort.

Vivant… ou mort ?

Il s'est repris :

— Nous ne risquerons pas d'autres vies inutilement… S'il est passé de « l'autre côté » et qu'il résiste, nous serions dans l'obligation de le… neutraliser…

Neutraliser.

Je n'arrivais plus à parler.

— Clémence, nous n'avons pas la certitude que c'est lui. Mais quand nous serons en approche, si la « silhouette » nous attend avec une katiba entière derrière lui, alors il n'y aura pas beaucoup à réfléchir…

Je n'ai pas pu faire démarrer la voiture. Mon corps était de plomb. Une masse inerte qui refusait de mettre le contact et de tourner le volant.

Cédric. Cédric Delmas, l'adjudant Delmas, mon mari, le père de mes enfants, instructeur chez l'ennemi… Cédric avait une très haute opinion de son métier et de ses engagements. Le compromis ne faisait pas partie de son vocabulaire. Je pouvais compter sur lui, ses équipiers pouvaient compter sur lui, nos enfants pouvaient compter sur lui. Le monde civil ne comprenait pas toujours. Je ne comptais plus le nombre de fois où mes collègues de travail avaient émis l'idée que notre histoire d'amour était une histoire d'abandon. D'une certaine manière, c'était vrai. Mais pas dans le sens où ils l'entendaient. Je m'abandonnais à lui, il s'abandonnait à moi. Cela se passait au-delà du matériel.

Un jour, il avait dit : « Plutôt mourir que trahir. » Il avait parlé d'un ton pur. Sur le moment, je ne m'étais pas attardée. Nous nous connaissions depuis peu, et l'euphorie de la rencontre faisait que je percevais moins le contenu de son discours que l'air émerveillé qu'il posait sur moi. Ce n'est que plus tard, à l'heure des premières disputes et peut-être des premiers doutes, que j'y avais repensé. De cette époque légère, cette phrase était restée. Farouche et vaguement menaçante. Bien avant qu'il ne me demande en mariage et qu'il intègre le 13e RDP, elle avait valeur de serment.

Cédric expliquant des plans de manœuvres secrets ou des positions de l'armée française aux dirigeants d'une milice islamique, c'était de la science-fiction. Comment cette idée avait-elle pu traverser l'esprit de Biaggi et de ses hommes ? Pourtant, il y avait ces images de drone. « Un Occidental, un blond », avait mentionné Perrier. Localisé dans une zone crédible par rapport à ce qu'il avait relaté de son évasion. Mais Cédric était-il le seul Occidental, blond de surcroît, à se trouver en Syrie ? N'y avait-il pas des dizaines et des dizaines d'Occidentaux partis faire le djihad ? C'est aussi pour cela qu'il avait appris l'arabe. Depuis le 11 septembre 2001, c'était la langue de cette nouvelle guerre mondiale. Il avait suivi des cours au régiment, puis était parti à l'école militaire de Strasbourg. Sa formation s'était achevée par six mois de stage dans une université algérienne. Personne là-bas ne connaissait son identité de soldat. Il avait été un étudiant en polo et en jean, un élève assidu qui correspondait régulièrement avec sa femme restée au pays ainsi qu'avec un oncle basé en

Moselle à qui il envoyait une fois par semaine ses devoirs et quelques informations de routine.

J'ai démarré en trombe. Il fallait que je mette le plus de distance possible entre ma voiture et leurs insinuations. Les confidences de Perrier me rendaient nerveuse. Arrivée à la maison, ma mère m'a accueillie en me serrant dans ses bras. J'ai foncé m'enfermer dans ma chambre. Je me suis connectée sur le compte Facebook de Cédric, puis à sa boîte mail. Il n'y avait rien. Les hommes du Commandement des opérations spéciales avaient probablement dû faire la même chose. C'était l'impasse.

En redescendant, j'ai aperçu ma mère en train de se rhabiller. Elle m'a dit que quelqu'un avait téléphoné. « C'est Alexandre qui a répondu, tu devrais rappeler, c'est peut-être important. »

Après son départ, j'ai jeté un coup d'œil sur la console du vestibule : un message m'attendait. Au sujet des quelques rares appels qui parvenaient encore sur notre téléphone fixe, Cédric nous avait donné, à Alexandre et à moi-même, des consignes précises. Si quelqu'un appelait à la maison et posait des questions sur lui, sur son métier, il ne fallait rien dire. Avec un air de conspirateur, Cédric avait fait répéter à notre fils ses instructions. J'avais vu le regard d'Alexandre s'intensifier.

Le brigadier va rappeler.

Seuls ces quatre mots étaient inscrits sur le bloc-notes, entre une facture d'électricité et une pile de prospectus.

Pas de nom ni de numéro de téléphone. Mon cœur s'est figé dans ma gorge quelques secondes, puis j'ai retrouvé mon calme. Il s'agissait probablement d'Alexis.

Un bruit de sonnette bref m'a sortie de ma torpeur. Le brigadier n'avait pas attendu que je le rappelle. Je lui ai ouvert la porte, il avait l'air d'avoir couru. Perrier vivait à Martignas-sur-Jalle, comme beaucoup de sous-officiers et d'hommes de rang du régiment. Il était célibataire, du moins officiellement. Toujours en mission, il devait vivre dans un petit appartement impersonnel, au mobilier réduit à sa plus simple expression.

— Bonsoir Clémence, je suis désolé de te déranger tard, mais j'ai pensé que tu voudrais être au courant…

Il m'a semblé tout à coup que l'espace autour de sa silhouette rétrécissait. Son corps occupait tout le vestibule. J'ai coulé mon regard vers le miroir accroché au mur. Cela faisait des semaines que je portais la même tenue. Pantalon noir, bottes noires, pull-over de la même teinte. Un deuil bureaucratique qui me faisait le teint pâle et accentuait ma minceur.

Avec le changement de température, le brigadier avait troqué ses lunettes de soleil contre un bonnet de laine noire, une veste matelassée de la même couleur et des chaussures montantes. Cédric m'avait dit qu'en mission les équipiers du Treize devaient être le moins repérables possible. Pas de tatouages voyants ou encore de coupe de cheveux trop *signante*. Arborer un physique et une tenue passe-muraille ne garantissait pas la réussite de la mission mais permettait au moins de ne pas laisser de souvenirs. Perrier était fiévreux. J'ai détourné mon regard et l'ai invité à s'asseoir dans le salon. Je lui ai proposé un verre d'eau et me suis assise en face de lui. Il a bu de longues gorgées puis a commencé à parler, oubliant qu'il me vouvoyait depuis la première fois que nous nous étions vus. Cela n'avait plus d'importance.

— Clémence, je reviens à l'instant du régiment.

Il s'est enfoncé plus profondément dans le canapé dont il prenait toute la place.

— Ils m'ont téléphoné hier. J'étais en train de faire mon sac pour partir en permission. J'ai besoin de changer d'air. Ne crois pas que j'oublie Cédric, mais l'atmosphère est viciée dans la région depuis que tout est arrivé... Bref, c'est Prazic que j'ai eu en premier. Il voulait que je sois au quartier Sauvagnac à la première heure ce matin.

Le brigadier m'a fixée avec intensité, a balayé la pièce, puis a poursuivi :

— Au début, j'ai cru que c'était toi qui leur avais parlé, j'étais mal. Et puis j'avais déjà été débriefé. Quand je suis arrivé ce matin à l'état-major, j'ai compris qu'il s'agissait d'autre chose.

Un bruit de chute sur le plancher, venant de l'étage, a résonné dans le salon. Perrier a levé les yeux au ciel tandis que j'ai sursauté.

— Excuse-moi, ça doit être les enfants, je reviens.

Dans l'escalier, j'ai discerné des pleurs. Quelques secondes plus tard, j'étais dans la chambre d'Arthur et de Lucas. Arthur était tombé de son petit lit et se frottait les yeux en fouillant la chambre d'un regard perdu. Mon tout-petit. Je l'ai remis dans son lit, l'ai bordé avant de déposer sur son front un long baiser. L'important était qu'il n'ait rien entendu.

De retour dans le salon, j'ai invité Perrier à reprendre.

— Ils étaient visiblement dans la salle d'honneur depuis un moment. Il y avait le colonel Biaggi, le lieutenant-colonel Prazic, deux civils de la DGSE. Ils étaient en visioconférence avec la base en Syrie et à Paris. Il y avait aussi des commandos marine et des soldats du 1er RPIMa[1]. C'étaient que des paras et des forces spéciales de Perpignan. Ils m'ont demandé de répéter tout ce dont je me souvenais de l'endroit où Cédric et moi avions été emmenés et si des détails ne m'étaient pas revenus depuis leur dernier interrogatoire. J'ai dû raconter ce que tu sais déjà. J'ai répondu à leurs questions toute la matinée. Ce qui avait l'air de les intéresser, c'étaient les rapports qu'entretenait ton mari avec nos geôliers. Je leur ai dit que ça avait été très court, qu'on avait été séparés et que je ne savais rien. Un des hommes du 1er RPIMa n'arrêtait pas de prendre des notes. Ils avaient l'air de préparer quelque chose.

Je l'ai interrompu :

— Je sais. Je sors du bureau du colonel Biaggi.

— Alors il t'a dit pour…

Il n'osait pas prononcer le mot. J'ai acquiescé en silence. Il a achevé :

1. 1er régiment de parachutistes d'infanterie de marine (forces spéciales).

— … la neutralisation possible ?

Je lui ai raconté brièvement l'entretien. Les mots m'écorchaient la bouche. Perrier m'a donné quelques détails supplémentaires. L'opération prendrait quatre ou cinq jours. Les hommes qui partaient étaient tous des volontaires, des proches de Cédric.

— Ils ont été briefés sur la nouvelle situation. Ils savent à quoi s'attendre.

J'ai secoué la tête, j'étais lasse.

— Mais ils n'oseront jamais tirer sur Cédric.

Je m'accrochais à cette idée. Perrier m'a dévisagée. Regard vide.

— Certainement pas, mais ils ont réquisitionné trois hommes inconnus pour la mission. Ce sont des gars de Perpignan. Des forces spéciales. Eux n'auront aucun état d'âme vis-à-vis de Cédric. Ils ne le connaissent pas.

Je n'avais plus envie de parler. Juste d'être seule.

— Je suis désolée, Alexis, je suis très fatiguée. Merci d'être passé…

J'ai eu un sourire un peu triste avant de conclure :

— Il faut que je digère tout ça.

Les bières de Cédric gisaient toujours en bas du réfrigérateur. J'en ai décapsulé une. C'était la première fois que je buvais de l'alcool enceinte. Le liquide douceâtre s'est répandu dans ma gorge. J'ai avalé plusieurs gorgées rapides, la tête m'a tourné. Un vertige bienfaisant qui m'a fait peur. J'ai vidé aussitôt le reste de la bouteille dans l'évier. Et s'il apparaissait, maintenant ? À chaque fois, une surprise. Toujours la veille ou le lendemain du jour prévu. Et si tout cela n'était qu'un cauchemar ? Un malentendu. Une méprise. Je caressais l'idée de loin. Comme une bête sauvage et séduisante dont il ne faut pas s'approcher. Je me suis forcée à reprendre mes esprits puis j'ai quitté la cuisine. La dernière chose dont les garçons avaient besoin, c'était d'une mère folle. Arrivée dans le salon, je me suis dit qu'il n'avait plus rien de chaleureux. J'ai mis en marche les radiateurs, me suis assise sur le canapé et j'ai laissé mon regard errer sur notre bibliothèque. Des livres pour enfants, des manuels scolaires, des ouvrages d'histoire et de tactiques militaires se mêlaient à des classiques et à des romans contemporains. Quelques volumes reliés, que nous avions hérités de mon père, y figuraient également. Je ne tenais pas en place. Et ma migraine était revenue. De retour dans la cuisine, j'ai avalé un Doliprane avec la tasse de Cédric. Une mère folle. Une femme folle, tout simplement. C'est ce que j'étais en train de devenir.

Mon téléphone a sonné. Qui encore ? J'avais envie de le jeter par terre, sur le carrelage, de le piétiner. En réalité, c'est moi que j'avais envie d'écorcher vive. La sonnerie s'est faite stridente. C'était le père de Cédric. Je me suis calmée d'un coup. Les hommes du Treize ont une expression pour désigner ceux qui reviennent psychologiquement abîmés de mission. Ils disent qu'ils ont *fissuré*. C'est dit sans méchanceté. Il s'agit d'un simple constat. Pour évoquer celui qui marche la nuit au lieu de dormir, celui qui ne supporte plus les cris de ses enfants, celui qui vérifie quatre fois que la porte de la maison est bien verrouillée avant d'aller se coucher, celui qui fixe le plafond jusqu'à assèchement total de la rétine. Fissurer. On imaginait la cicatrice mal refermée. L'entame d'une intégrité. C'était cette voix de vieillard. Cette manière de ressasser, de ne pas répondre aux questions et de se perdre dans des détails matériels – embouteillages à Viroflay, salle d'attente bondée chez le médecin, ampoule du plafonnier grillée – pour ne pas s'attarder sur le malheur d'avoir perdu son fils unique. Perdu ou pas encore retrouvé, lui-même ne savait plus. Il voulait savoir si j'avais des nouvelles. Pour sa femme qui dormait déjà et qui l'avait harcelé toute la journée. Comment allaient les petits ? Passerions-nous Noël ensemble ? Chez eux, ou à Bordeaux chez ma mère ? Lui s'était résigné. Tout ce qu'il souhaitait, c'est que personne ne l'oblige à espérer. Pour leur plus grand malheur, ces gens modestes avaient mis au monde un être incandescent.

J'avais demandé au colonel d'être là lorsque les hommes monteraient dans l'hélicoptère. Je voulais voir ceux qui partaient pour sauver ou tuer Cédric. J'ai imaginé ces soldats inconnus en train de se préparer pour partir. Quels avaient été les ordres de mission ? Sauver l'adjudant Delmas à tout prix ? Le liquider afin qu'il ne devienne pas une arme entre les mains des djihadistes ? Et si la silhouette n'était pas Cédric, où était-il ? « Ce sont tous des volontaires », m'avait dit le colonel. « Certains ont même été formés par votre mari. Ils le vénèrent. Ils feront tout pour le sauver, soyez-en sûre. » J'avais envie d'y croire. Il ne me restait que cela.

Vingt et une heures sur mon téléphone portable, il était temps d'y aller. Ma mère était là depuis déjà deux heures et je ne lui avais rien dit. Je n'y arrivais pas. Comme si les mots ne voulaient pas sortir.

La lande fumait. L'humidité de la nuit descendait, se désagrégeait en lambeaux opaques flottant en travers de la route comme des petits fantômes. La voiture semblait dotée d'une vie autonome. J'étais là sans l'être. Le camp est enfin apparu, éclairé par des lampes à sodium. Je me suis garée non loin du petit tarmac d'où les hélicoptères du Treize s'envolaient pour leurs missions.

L'air exhalait le kérosène et l'agitation. Des hommes en treillis chargeaient des containers de plastique noir dans les hélicoptères. Je n'ai pas osé me rapprocher. À bonne distance, je voulais juste observer. Qu'aurais-je pu leur dire ? Les remercier ? Alors que l'un d'entre eux serait peut-être l'assassin de mon mari ? Cette pensée m'anéantissait mais je n'arrivais pas à détacher mon regard de leurs silhouettes qui évoluaient avec agilité dans la nuit. La plupart avaient leur visage camouflé par un passe-montagne.

Une ombre s'est détachée du tarmac et s'est dirigée vers moi. C'était le colonel Biaggi.

— Madame Delmas, le groupe va partir d'ici vingt minutes pour rejoindre la base aérienne d'Istres. Il fait froid, si vous voulez vous réchauffer à l'intérieur du hangar.

J'ai décliné. J'en avais assez vu. Je me suis détachée, l'ai remercié puis suis remontée dans ma voiture. Par la fenêtre, le colonel Biaggi a lancé :

— Madame Delmas, dès que possible, nous vous appellerons. Je vous demande de garder le plus grand secret. Pour votre mari. Pour ses parents. Dans quatre jours, nous en saurons plus…

Je maudissais les mots qui sortaient de sa bouche. Je ne l'entendais plus.

Télévision allumée, la main sur le téléphone, j'attendais. Je ne voulais voir personne. Aussi, quand Carine et Jeanne sont venues un soir frapper à la porte de la maison, mon premier réflexe a été de les renvoyer chez elles. Carine a insisté, un pied déjà dans l'entrebâillement. Nous nous sommes installées dans le salon. À l'étage, les garçons dormaient depuis quelques minutes. Avant de fermer les yeux, Alexandre m'avait encore demandé où était son père. « On va bientôt le savoir », avais-je fini par répondre de lassitude.

— Je t'ai apporté un gâteau au chocolat que les enfants ont fait, tu en veux une part ?

Carine était si gentille. J'avais le ventre noué. Depuis quelques jours, je mangeais peu. J'ingurgitais le minimum, pour le bébé. Sans appétit. Je l'ai remerciée puis l'ai laissée couper le dessert. La première bouchée est tombée comme une pierre dans mon estomac.

— Tu sais ce qu'est devenue Manon ? ai-je demandé, histoire de parler.

C'est Jeanne qui a répondu :

— Elle a quitté la région, elle s'est lancée dans l'humanitaire, une ONG à Paris. D'après ce que j'ai compris, elle va bientôt partir pour un an au Nigeria. En attendant, elle suit une formation !

Quelqu'un a frappé de nouveau à la porte. J'ai jeté un œil par la fenêtre du salon. Sur le perron, Myriam.

— On s'est dit que tu aurais besoin de soutien, a dit Carine en guise d'explication alors que je tournais vers elle un regard interrogatif.

Une fois Myriam installée, je lui ai proposé une part de gâteau, puis à boire à tout le monde. Dans la cuisine, j'ai vérifié mon téléphone portable. Toujours pas d'appels en absence, pas de messages.

Carine avait débuté la semaine précédente son stage de formation pour être gardienne de la paix. Elle allait souvent à Paris, aux Invalides, rencontrer les membres d'associations de veuves et de pupilles de la nation. Elle fréquentait des généraux et leurs femmes. Elle parlait une autre langue tandis que j'émiettais le reste de mon gâteau dans mon assiette.

L'éclairage du salon accentuait le teint rose de Carine et la pâleur de Jeanne. Myriam avait fini son verre de vin. Je l'ai resservie. Elle semblait être déjà tombée dans une torpeur absente.

— Et toi, Jeanne, que deviens-tu ? ai-je questionné la jeune femme qui picorait dans son assiette.

Elle a avalé une gorgée de son verre et m'a jeté un regard où je distinguais une flamme nouvelle.

— Je vais démissionner du restaurant, j'en ai marre de servir des inconnus qui m'oublient dès qu'ils rentrent chez eux. Avec l'argent de l'assurance-vie de Franck, je vais m'inscrire à une formation pour devenir sophrologue. Cela faisait un moment que j'y pensais, mais avec Franck, on n'avait pas les moyens que je quitte mon travail...

Sa voix s'est brisée.

— Et puis j'aimerais peut-être aussi trouver quelque chose en rapport avec les enfants, il faut que je réfléchisse mais plus je vois mon fils grandir, plus je réalise qu'il n'y a que ça qui compte. Le reste, c'est rien.

C'était aussi le meilleur moyen d'échapper au réel. J'ai pensé à mes garçons. Tout était si fragile. Alexandre, Lucas, Arthur. Le bébé. Elle avait raison. Soudain, ils me manquaient. Il fallait trouver des palliatifs. Quel serait le mien s'ils me prenaient mon Cédric ? La voix douce de Jeanne a interrompu le flot de pensées qui m'assaillait :

— Et toi ? Tu en es où ?

Que pouvais-je répondre ? La vérité, c'est que je n'étais nulle part. En suspens. Cela faisait deux jours, et je n'avais pas de nouvelles. J'ai cherché une échappatoire. Myriam n'avait pas décroché un mot mais son verre était de nouveau vide. Carine était sur son téléphone, Jeff toujours sur son fond d'écran avec le drapeau de la France. Comment faisait-elle ? Il fallait que je parle. Quitte à inventer.

— Tu sais, Jeanne, je pense aussi que je vais démissionner, l'aéronautique, c'est passionnant, mais c'est trop abstrait. C'est encore trop tôt, mais je songe à reprendre des études et passer le concours pour devenir avocate.

J'avais dit cela sans réfléchir. Pourquoi pas. J'étais désormais devenue une menteuse professionnelle. Et puis, cela m'était déjà passé par la tête. Après avoir étudié le droit, j'étais devenue juriste. Parcours classique. Je n'avais jamais envisagé de devenir avocate. Peut-être par peur de ce métier auquel j'associais un prestige interdit. Par timidité.

Myriam s'est excusée. Elle avait besoin de prendre l'air. Lorsqu'elle est revenue cinq minutes plus tard, entraînant dans son sillage des effluves de tabac, j'ai vu qu'elle avait pleuré. Spontanément, Carine et Jeanne l'ont prise dans leurs bras. Leurs mains sur son visage, sa nuque flétrie, son large dos.

Brusquement, je n'ai plus été capable de bouger. J'étais totalement pétrifiée. Un vertige m'a saisie. J'allais tomber de sommeil. J'étais glacée. J'ai eu désespérément envie de sentir le contact de leur chair sur ma chair. La pression de leurs doigts sur mes épaules, mes bras, mes cuisses. Leurs pouces qui s'enfonceraient le long de ma colonne vertébrale, appuieraient entre mes omoplates. Mes muscles se relâcheraient, ma peau ne serait plus que douceur, tiédeur. Je m'enfoncerais dans un gigantesque matelas de plume.

J'ai repris pied avec la réalité. Je me suis levée. J'ai trébuché lourdement sur ma chaise. J'ai déposé un baiser maladroit sur la tête de Myriam. Respiré la cigarette, la vanille, le sébum, le sucre du parfum de Carine. J'avais besoin qu'on me serre, qu'on m'étreigne. Même d'un peu de violence. Qu'on me frappe, qu'on me batte, mais qu'on me touche. J'avais envie de hurler. Est-ce qu'un jour Cédric poserait de nouveau ses mains sur moi ? Son odeur, douloureusement précise, m'a submergée. Le cri a pris de l'ampleur dans ma bouche. Raclé ma gorge jusqu'aux tympans.

La mort sur le chemin de l'honneur n'est pas la mort
La vie d'un homme sans courage est vraiment un fardeau
Je ne dévierai jamais du chemin de l'honneur puisque la valeur de ce monde est l'honneur.

AHMAD CHĀH DORRĀNĪ[1]

L'attente m'anesthésiait. Avant de partir, la nuit précédente, Carine m'avait donné une boîte d'anxiolytiques. « Pour aplanir la réalité, il n'y a rien de mieux. » J'avais souri avant de gober le petit cachet blanc qu'elle venait de poser au creux de ma main. Enveloppé de coton, mon quotidien se déroulait au ralenti. J'avais enfin raconté à ma mère ce qui était en train de se nouer à des milliers de kilomètres de chez nous. J'avais omis les détails sur la possible trahison de Cédric. Elle avait hoché la tête, compréhensive à l'extrême. Depuis, elle s'était installée à la maison afin de m'aider à gérer les enfants.

1. Fondateur de l'Afghanistan. Il y a régné pendant vingt-cinq ans jusqu'à sa mort en 1772.

Le cinquième jour, le téléphone a sonné, brisant le silence feutré dans lequel je me trouvais. C'était Biaggi : « Bonjour, Clémence, pourriez-vous passer au camp, s'il vous plaît ? Nous vous y attendons. »

J'ai roulé sans réfléchir. Le ton du colonel avait été poli, mais ferme. Rien n'avait transpiré. Ni la joie d'avoir délivré un prisonnier, ni la tristesse de l'avoir éliminé. J'essayais d'analyser ses paroles trop brèves mais ma grille de lecture était saturée de trop d'informations.

J'ai passé la barrière du camp, roulé quelques minutes encore. Le colonel se tenait devant l'entrée de l'état-major.

— Madame Delmas, si vous voulez me suivre.

Le ton était déférent, presque obséquieux.

— Dites-moi s'il est mort, s'il vous plaît, mon colonel.

Je l'ai suivi dans l'escalier. J'étais comme un chien qui réclame son os. Biaggi ne répondait pas. Il me guidait d'un pas rapide dans le couloir, dépassant son bureau pour accéder à une grande salle dont il a ouvert la porte. Une dizaine de soldats s'y trouvaient. J'ai reconnu Fabien et Jean-François qui m'ont souri tristement avant de m'embrasser en chuchotant : « Assieds-toi, on va te raconter », tandis que le colonel prenait la parole.

— Madame Delmas, d'abord merci pour votre courage. Je vous ai demandé de venir afin de rencontrer l'adjudant Maury et le brigadier-chef Lopez ici présents. Ils vont vous expliquer ce qu'ils ont vu et fait sur place. Je précise que cette procédure est totalement hors règlement… Mais étant donné les circonstances, il nous paraissait normal que vous soyez là.

Il a conclu sa remarque dans un silence partagé. J'ai senti une dizaine de paires d'yeux me scruter, m'observer et j'ai surpris dans les regards comme un sentiment d'admiration, de compassion et d'empathie.

L'adjudant Maury s'est levé pour parler. C'était un homme sans âge, au débit sec et précis. Peau brune, comme vieillie prématurément.

— Le 7 novembre, à une heure du matin, nous avons été parachutés au-dessus de la zone cible. Le largage s'est bien passé. Nous sommes arrivés à deux heures de l'objectif où nous attendait un groupe de peshmergas avec lequel les forces spéciales travaillent quotidiennement sur place. Pendant l'approche, nous n'avons rencontré aucune force hostile. La zone semblait vide. Les rapports des drones envoyés quarante-huit heures auparavant n'avaient montré aucun signe d'activité quelconque dans le village où était censé être détenu l'adjudant Delmas. La seule chose, c'est que la terre, sur un endroit en particulier, semblait avoir été retournée, comme si on avait creusé une fosse. Nous ne pouvions pas en être certains car, pour des raisons techniques et météorologiques, l'emploi du temps des passages de drones comporte des « trous ». Une tempête de sable avait balayé la zone pendant plusieurs jours avant que nous décollions. Dans ce cas-là, les drones restent aux hangars. Ce qui nous a privés d'un certain nombre d'informations. Les recos envoyés près du village ne nous ont rien signalé. Pas même un foutu aboiement de chien. Il était cinq heures du matin, et nous avions planifié l'opération d'exfiltration à cet horaire-là, mais plus nous avancions, plus le silence était pesant. Les premiers rayons du soleil nous ont confirmé ce dont nous nous doutions, à savoir que l'endroit était totalement désert. Nous nous sommes arrêtés juste à l'entrée du village à cause des IED. C'est un peu l'habitude de l'EI de truffer ses sites de mines et explosifs divers. Nous avons avancé d'abord en file indienne, démineur en tête, puis nous avons formé un « râteau » pour traverser la rue principale.

L'adjudant a repris son souffle. Il avait l'air exténué, écœuré par ce métier inhumain dont ils semblaient tous si fiers, Cédric le premier.

— Au centre du village, nous avons décidé d'être plus expéditifs en balançant des grenades à travers toutes les portes pour faire déflagrer les possibles mines enterrées. Mais là encore, rien. Nous avons eu des doutes un bref instant, à savoir que nous nous étions peut-être trompés de village. Mais c'était bien là.

Il mettait des « à savoir » à tout bout de champ. Tic du soldat qui doit tout expliquer.

— Le soleil s'était levé et c'est là que nous les avons vus. Trois croix en plein milieu de la place. Deux étaient occupées par des corps déjà décomposés. Les visages étaient noircis et très gonflés par le soleil. La troisième croix était vide. Des sangles en cuir pendaient aux extrémités. Nous nous sommes dit qu'ils n'avaient pas eu le temps de finir leur exécution.

J'étais tétanisée. Je ne sentais plus la chaise sur laquelle m'avait installée le colonel Biaggi. Je ne sentais plus ma peau, je ne sentais plus rien. Seule résonnait dans la salle la voix de cet adjudant inconnu qui évoquait l'horreur avec des précisions techniques telles que la scène en devenait surréaliste.

— Pas très loin en face, la maison cible, celle de l'émir que nous avions vue sur les images aériennes, n'était plus là. Ce que les drones avaient pris pour une fosse était devant nous. À la place, il y avait un immense trou, plutôt un cratère. Environ dix mètres sur dix, comme si une bombe de cinq cents kilos était tombée à cet endroit.

— Sauf qu'on a vérifié par radio auprès de nos alliés. Aucun largage n'avait eu lieu les derniers jours, à cause de la présence possible de l'adjudant Delmas, l'a coupé Jean-François.

— Les démineurs ont continué leur travail, a enchaîné le brigadier-chef Lopez avec un léger accent du Sud. Nous avons trouvé un peu partout des vieilles munitions abandonnées, des douilles, plusieurs bouteilles de gaz vides, un certain nombre d'objets métalliques mais quasiment pas de mines comme s'ils n'avaient pas eu le temps de piéger l'endroit avant de le quitter. Leur départ semblait avoir été précipité. On a pensé que c'était la tempête de sable qui les avait fait fuir, mais c'était une option qui ne tenait pas.

— Et Cédric, ai-je balbutié. Il y avait une trace de lui ?

Le brigadier-chef Lopez a poursuivi comme s'il ne m'avait pas entendue :

— Quelques habitants sont sortis de leurs masures, apeurés. L'un d'entre eux, en haillons, nous a raconté que quelques jours auparavant, de derrière ses fenêtres, il avait vu entrer de nombreux hommes dans la maison de l'émir qui servait aussi d'armurerie. Il était reparti vaquer à ses occupations lorsqu'une heure plus tard, il avait entendu une déflagration gigantesque. Tout le devant de sa maison avait été ravagé par l'explosion. À la place de celle de l'émir, il n'y avait plus qu'un gigantesque cratère. C'est là que les djihadistes ont décidé de quitter le village dans leurs 4 × 4. Certains habitants les ont suivis en disant que le village était maudit, qu'ils n'auraient pas dû crucifier des hommes et que Allah était en colère. Le lendemain il y a eu la tempête de sable et nous sommes arrivés.

Dans la salle, le silence s'est épaissi, obscurcissant mon cerveau un peu plus.

— Une heure après notre arrivée, un des démineurs a trouvé quelque chose. C'était enterré dans l'une des maisons qu'on avait fouillées.

Le colonel l'a interrompu en me tendant une boîte de café soluble en fer ronde avec un couvercle en plastique noir recouvert d'une publicité en arabe :

— Nous l'avons ouverte car quelqu'un l'avait entourée d'une sorte de bandage taché de sang et de terre sur lequel votre nom était inscrit ainsi que votre adresse. Nous nous sommes permis de lire les feuillets qu'elle contenait. Maintenant, nous allons vous laisser seule un instant.

D'un geste bref de la tête, le colonel a donné l'ordre du repli. La salle s'est vidée d'un coup. J'étais désormais seule avec cette boîte en fer ronde. L'autocollant montrait une main en train de déguster une tasse de café. Une partie avait été déchirée, révélant des traces de rouille. Je l'ai ouverte. Ma main était ferme. Mon cœur ne l'était pas. À l'intérieur, plusieurs pages pliées avaient été roulées pour épouser la forme ronde du contenant. Je n'ai pas reconnu tout de suite l'écriture. C'était une étrange graphie. Une main malhabile avait tracé mon nom au crayon. J'ai effleuré le papier. J'avais peur de lire, de savoir. J'ai inspiré profondément, puis j'ai déplié les feuillets. Mes yeux ont commencé à déchiffrer les phrases. Instinctivement, j'ai posé mon doigt sur les fines traces de crayon à papier, comme par peur de perdre un mot.

À qui trouvera cette lettre, veuillez la remettre à Clémence Delmas, 14, rue Jean-Jacques Rousseau, 33127 Martignas-sur-Jalle, France.

Ma Clémence, mon amour,

Je suis enfermé tous les soirs depuis deux mois dans une pièce où la lumière ne rentre pas. J'ai réussi à voler des feuilles et un crayon à papier. Comme je suis surveillé toute la journée, il n'y a que la nuit que je suis seul et dans le noir. Je n'ai plus les mains attachées depuis trois semaines, donc je t'écris, mais je suis obligé de tout cacher dans le sol où j'ai creusé une mini-cache. Si mon écriture monte et descend, c'est parce que je ne vois pas ce que je fais, n'y fais pas attention.

J'ai été fait prisonnier avec Perrier au retour d'une opération de neutralisation mais le régiment a dû t'expliquer. Nous attendions un support aérien qui n'est pas venu. C'est le moment qu'ont choisi ceux d'en face pour nous envoyer un kamikaze. J'étais encore dans mon trou quand je l'ai vu foncer vers nous en hurlant Allah akbar *avant qu'il explose. Il s'est fait péter à trois mètres de moi, ça nous a grillé les yeux et les tympans. C'est le trou qui m'a sauvé.*

Je sais que Beaumont, Cagnes et Martin sont morts. Pour les autres, je ne sais pas, j'ai juste eu le temps d'arracher ma plaque et de la jeter avant qu'ils ne me prennent vivant.

Perrier s'est fait attraper aussi et je l'ai croisé plus tard. On était ensemble au début puis ils nous ont séparés. On a passé un sale moment les deux premières semaines. Ils ne savent pas qui nous sommes. On s'est inventé des noms. Ils ne savent pas non plus que je comprends à peu près tout ce qu'ils disent.

Il y a trois semaines, ils ont perdu Perrier alors qu'ils voulaient le filmer en tenue orange. Il a réussi à en tuer deux et à s'exfiltrer. Le soir, j'ai compris qu'il avait réussi car ils m'ont battu encore plus que les fois précédentes. Son évasion et la perte des deux gardes leur ont fait péter les plombs. J'espère qu'il s'est enterré et qu'il va s'en sortir.

Les jours qui ont suivi l'évasion ont été pénibles. Je pense que Perrier a craqué sous la torture et leur a dit mon nom, mes fonctions et mes aptitudes. Personne d'autre ne pouvait le savoir. Je ne lui en veux pas. Il a fait ce qu'il pouvait, c'est déjà bien qu'il se soit échappé. Les coups ont redoublé jusqu'à ce que leur émir, un certain Hocine, me montre sur une tablette notre adresse à Martignas sur Google Maps. Mais le pire, c'étaient les photos de toi en train de rentrer de l'école avec les gamins. Ils ont une cellule dormante dans le coin qui a dû faire le boulot car ils étaient parfaitement renseignés sur tes emplois du temps et l'école des enfants. Il a vu que tu étais enceinte. Ça m'a rendu fou. Il a menacé de vous faire exécuter si je ne leur enseignais pas ce que je savais.

J'ai accepté.

Ça fait trois semaines que je les forme à la fabrication d'explosifs et sur des opérations en milieu urbain. Chaque soir avant qu'ils ne m'enferment, l'émir m'interroge sur les structures électriques, les ports, les centrales atomiques, le niveau de sécurité en France. Je raconte ce que je peux. Ils sont très bien renseignés et je ne sais jamais si c'est un test pour me piéger ou non. J'ai décidé de dire ce que je savais pour vous préserver.

J'ai beaucoup réfléchi et je n'ai pas d'autre solution. Ne m'en veux pas. J'ai pris ma décision au moment où ils m'ont forcé à les former. Aucun d'entre nous ne sortira vivant de cet endroit. Ni eux ni moi.

Dans le village, les gens semblent terrifiés et restent chez eux. J'en vois très peu quand je sors. Il y a quelques jours, deux croix ont été montées sur la place principale. Ils ont crucifié deux gars et m'ont obligé à y assister. J'ai compris que c'étaient deux Russes car ils ont pleuré et crié dans leur langue maternelle. C'était terrible. Ils disent que c'est des espions qui se faisaient passer pour des humanitaires. Mais c'est peut-être des mercenaires car il y en a pas mal dans l'armée syrienne.

C'est une grosse katiba qui se déplace souvent. Derrière la maison de l'émir, le champ qui sert de terrain de football occasionnel est devenu un camp d'entraînement. C'est là qu'ils m'ont amené la première fois. J'ai une vingtaine de jeunes à entraîner. Des Européens originaires du Maghreb pour la plupart. Il y a des Allemands, des Néerlandais, trois Français, deux Espagnols et trois Belges. On travaille le matin tôt avant que le soleil ne soit trop haut. La chaleur devient très vite abrutissante. Puis les cours reprennent à seize heures jusqu'à tard le soir. Je ne te cache pas que c'est assez compliqué mais je ne pense qu'à vous.

Je pense qu'ils sont en train de reconstituer une cellule pour les infiltrer dans leurs pays respectifs. Ils veulent tout savoir sur la fabrication d'explosifs. Je leur ai montré le minimum mais c'est déjà trop… Ils m'ont demandé des renseignements sur des cibles à Bordeaux, Lyon et Paris. Ce sont des « inghimasi », des volontaires pour les opérations suicides. Ils sont mieux traités que les autres et ça se voit. Les classes se font dans un mixte d'anglais et de français. Ils ont interdiction de me parler sauf pendant les cours et exclusivement sur la matière étudiée. Il y a un commissaire religieux qui surveille tout ce qui se dit et se fait. De toute façon, je ne les intéresse pas. Pour eux, je suis déjà mort. Il n'y a que l'émir qui me pose des questions. Il veut tout savoir sur les musulmans dans l'armée française.

Mon amour,

Demain, je dois faire une répétition sur une carte devant tous les chefs qui organisent la prochaine nuit bleue[1] *à Paris. Il y aura aussi ceux qui vont opérer, les « pèlerins » comme ils s'appellent entre eux. L'un d'eux, un Français, m'a dit : « Nous sommes comme vos cavaliers de l'Apocalypse dans la Bible. Eux, ils étaient quatre. Nous, nous sommes des milliers. » Ils veulent déclencher trente attentats en même temps ! Trente cibles avec les process de sécurité, les endroits à éviter, tout ce que nous ferions, nous, forces spéciales, si nous étions confrontés à cette possibilité.*

Je ne peux pas les laisser faire ça. J'ai pris ma décision. Ce sera demain soir. Je n'ai aucun doute sur ce qu'ils feront de moi après la répétition. À côté des deux croix, une troisième a été construite il y a deux jours. Je les ai entendus dire qu'ils voulaient me filmer. Je ne vais pas leur donner ce plaisir.

Hier, j'ai fini de leur préparer une centaine de kilos d'explosifs pour une attaque prévue sur une caserne de l'armée syrienne. Ils ont un problème avec celui qu'ils

1. L'expression « nuit bleue » désigne une série d'attentats simultanés à l'explosif.

fabriquent eux-mêmes, le TATP[1], *pas assez stable pour le transport. J'ai caché un cordeau détonant à nœuds que j'ai moulé dans un des kilos de plastic. Je le relierai au dernier moment avec un système d'allumage électrique de ma fabrication que je ne leur ai pas appris. Demain soir, ils seront tous autour de moi.*

Ces dernières nuits, quand je me retrouve seul, je me dis que je n'aurai pas le courage d'appuyer sur le détonateur. Je n'ai pas envie de partir, pas maintenant, pas tout de suite. J'ai encore tellement de choses à faire avec toi et avec les enfants. Mais je n'ai pas d'autres portes de sortie. Je t'ai toujours dit qu'il fallait faire de sa vie un chef-d'œuvre, moi ce sera un feu d'artifice… J'espère vraiment avoir le courage…

À force de les entendre prier Allah tous les jours et en voyant les Russes implorer Dieu sur leur croix, je me suis demandé s'Il existait. S'Il pouvait écouter mes prières. Mais Dieu ne m'est d'aucun secours. Je ne m'en remets qu'à moi-même. Et accessoirement à un très ancien dieu de la Guerre pour qu'il me donne le courage d'accomplir cette dernière action sur Terre.

Je t'embrasse tellement fort que tu dois le sentir. Je pense à notre petit bébé qui grandit en toi et je me force à ne pas pleurer. J'aurais tellement voulu le rencontrer. Protège-le, de toutes tes forces, parle-lui de moi, raconte-lui notre amour et dis-lui combien je l'ai aimé. Prends soin de nos

1. Explosif très puissant composé de tripéroxyde de triacétone et utilisé par les djihadistes.

petits. Sois forte pour eux, j'ai confiance. C'est leur image et la tienne qui me font tenir ici.

J'aurais voulu vous serrer une dernière fois tous les quatre, poser ma main sur ton ventre si doux, mais rien que d'y penser, c'est comme si je l'avais fait.

Je t'aime et où que je sois, tant que vous penserez à moi, je serai près de vous et je veillerai sur vous. Je vous aime.

Cédric

« La mission faisant foi, dans la pluie, le vent, nous restons à l'affût… »

Adjudant Cédric Delmas

Ce livre n'aurait pu voir le jour sans l'aide précieuse de plusieurs personnes. Je ne peux en citer certaines, mais si ce livre tombe entre leurs mains, elles se reconnaîtront.

Merci au colonel Yves Jézéquel, au commandant Nicolas Colcomb, au colonel Hubert Le Roux, au colonel Antoine Brulé, au commandant Christelle Vacher-Depréville, au lieutenant-colonel (R) Guy de Saint-Germain, au général (2S) Vincent Leroi, au général (2S) Robert Hérubel, au lieutenant-colonel (R) Jacques Allavena.

Merci à Emmanuelle Double, Florence Lendroit, Fanny Blanc.

Merci à Alice Gaudin, Laura Neurohr, Sabrina Verrier, Christel Correia.

Merci à Nicolas Mingasson, Thibaut de Saint-Lager, Olivier-Marc Dion, Olivier Michel et Thierry L.

Un grand merci également à l'agence Trames, qui a fait le pari de me représenter, plus précisément à Violaine Faucon, Camille Paulian, Kinga Wyrzykowska et tout particulièrement à Sylvie Pereira, dont l'œil affûté m'a permis de sublimer *L'Embuscade*.

Merci à mon éditrice Marie Eugène de me faire confiance, merci à Alexane Lepoan et à toutes celles et tous ceux qui m'ont encouragée, corrigée et qui ont posé un jour leur regard bienveillant sur ce texte.

Enfin merci à Philippe Lobjois, sans l'amour duquel ce livre n'existerait pas.

Composé et édité par HarperCollins France.

Achevé d'imprimer en juillet 2021.

FIRMIN-DIDOT

à Mesnil-sur-l'Estrée (Eure)

Dépôt légal : août 2021.

Pour limiter l'empreinte environnementale de ses livres, HarperCollins France s'engage à n'utiliser que du papier fabriqué à partir de bois provenant de forêts gérées durablement et de manière responsable.

Imprimé en France